叢刊 ④ • 黃德偉 主編

天橋

李曉 著

李曉・1989年 1 月

李曉(小棠)與父親(巴金)於上海家裏。
黃德偉攝於1989年 2 月

「山河叢刊」總序

黃德偉

中國文學到了廿世紀初開始進入一個與社會、政治、思想同步衰竭的階段。一九一九年的「五四運動」標誌一個新文學的誕生；三十年後，這個新文學在大陸的成長受到壓制而致變形；再三十年後，這個新文學經歷了災難、死亡的震撼得到重生——其間中國文化不但面臨「斷層危機」，而且遭逢「人工改造」，以致「山河四塞」。這個從苦難中再度孕育出來的新文學在近十年來得到外來文化的衝擊和滋補成熟得很快——他們學會了用各種語調把真實的感情意念有效地表達出來，一方面揭露了「政治宣傳面具」下血滲的皺紋和傷痕，以憤怒、平淡、親切或「饑餓」（身心）的聲音述說著他們在極端荒謬、悲觀、殘酷的現實裏「熬過來」的體驗或艱難成長的過程；另一方面展示了現在生活的徬徨和抉擇以及將來的夢想和意義。也許，「文革」這場「中國文化大災難」竟扮演了「鳳凰火浴」的角色——竟提供了一個文化重生、延續傳統的條件和基礎。

為了薪傳這些民族的悲劇感受、呼喚和智慧，為了呈現千里山河老涸成無邊黃土地的中國命運的啟示，「山河叢刊」在「念禹功」（孫遜）、「風塵未盡」（庚信）、「四望春」（駱賓王）的多重構想中踏出了第一步——出版當代大陸小說代表作。這叢刊本著「委委佗佗如山如河」、「山無不容河無不潤」的態度去聆聽對岸擊槃說夢的細節，傳述那許許多多不斷在對岸繁殖的既親切又陌生，既古老又現代的故事。

「叢刊」的標誌和設計採用「山河」的古字（古鉢 殷契遺珠二五 伊彝 殷墟文字乙編五二二七）表明與中國古代文明、傳統的關係；而這關係更具體地反映在「叢刊」的創刊作白樺的《遠方有個女兒國》裏——作者透過空間和時間的差距與重疊，對照古代母系社會和現代父系社會的生活質素，並探索兩者衝突的內因外由，從而思考、提出「文明進步」定律的辯證意義和「反諷」內涵。此外，古字的山形水態也暗示了「叢刊」的出版意圖——把有份量，有價值的當代大陸著述作妥善的編印介紹，廣為流傳。

‧民國七十七年七月七日於香港‧

自序

十幾年前，在安徽鄉下，我和我的同伴常於天黑後圍著一盞小油燈閒聊。我們那間屋很大，屋頂上長著青草，外面刮風，屋裏也呼呼地刮著。偶爾，幹了一天活後，我們刨碗蘿蔔絲，打來一斤芋乾酒，喝到臉紅舌燥時，我誇口說，我要把我們聊的這些事寫成書。同伴們哈哈笑了，說等著拜讀，接著繼續喝芋乾酒。

那時的確是誇口。真把這些寫出來，已經是十幾年後的事了。當年的同伴，有的去國，有的還在鄉下，各自為生活奔忙，早無意回顧往昔。我也無意用半真半假的故事去打攪他們。寫，只為了自己高興，或者不高興，說得更穿些，只為了有閒空。不寫又能幹什麼呢？

後來又寫了別的，寫了些熟悉和不太熟悉的人事。糊糊塗塗有了幾十萬字，又糊糊塗塗得了一兩個獎。時代不同了，再不能像年輕時那麼誇口，在我的一篇短文中，主人公說過這樣的話，「能寫篇把文章叫作家，能塗幾筆的叫畫家，能賺兩小錢的是企業家，這年月樣樣都漲價，怎麼就這個家字越來越不值錢了呢？」

因此，我不敢自命為作家。我唯一的奢望，是讀者會喜歡這些小說，那怕只是其中的一篇也行。

李曉

一九八八年十一月於上海

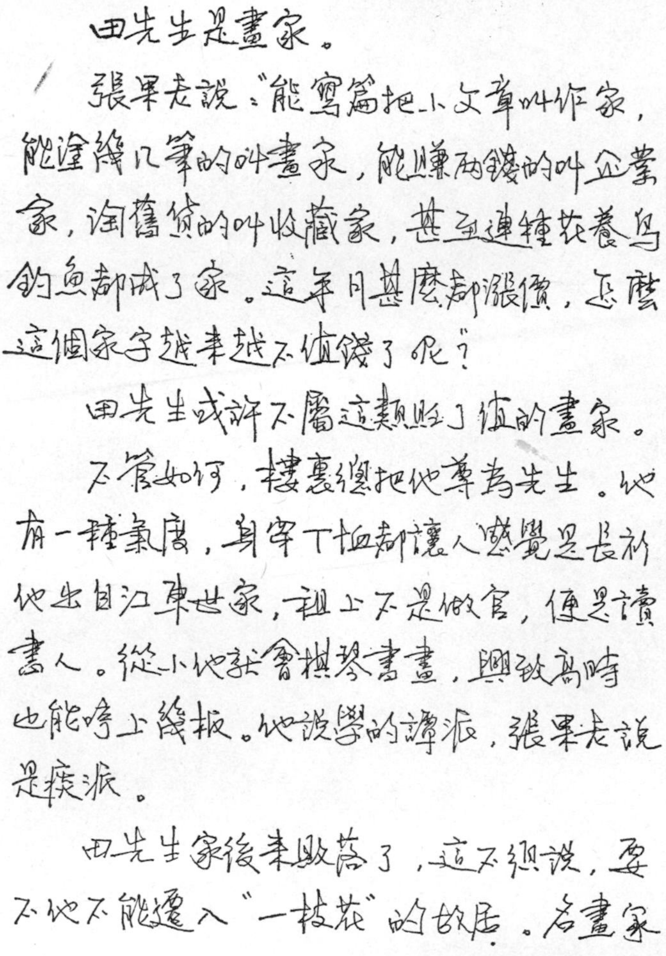
田先生是畫家。

張果老說："能寫篇把小文章叫作家，能塗幾筆的叫畫家，能賺兩錢的叫企業家，淘舊貨的叫收藏家，甚至連種花養鳥釣魚都成了家。這年月甚麼都漲價，怎麼這個家字越來越不值錢了呢？"

田先生或許不屬這類貶了值的畫家。

不管如何，樓裏總把他尊為先生。他有一種氣度，舉手投足都讓人感覺是長衫。他出自江南世家，祖上不是做官，便是讀書人。從小他就會棋琴書畫，興致高時也能哼上幾板。他說學的譚派，張果老說是痰派。

田先生家後來敗落了，這不必說，要不他不能遷入"一枝花"的故居。名畫家

作者手跡（見內文 195 頁）

目次

機關軼事

件。

這是一個大機關。辦公廳下面，光秘書處就有五個。秘書一處管起草和修改全機關的文件，二處管淸謄複印，三處管收發轉送，四處專職保管檔案資料，五處管回收和銷毁廢舊文件。

四處位於機關大樓頂層。辦公室很大，靠牆堆放着大大小小的各類檔案櫃。因爲檔案不宜見光，所以辦公室的窗戶多被堵上了，只在南面留下一扇，一溜雙面寫字臺，一個挨着一個，從窗下伸到屋子中央。

第一張辦公桌的上首，坐着四處的傅處長。他對面的位子空着，處裏原來有一名副處長，姓鄭，後來大家反映不好稱呼，叫ㄈㄨˋ處長，兩人抬頭，叫ㄓㄥˋ處長，也是兩人抬頭，總不能叫傅正處長，鄭副處長吧。辦公廳考慮這確實是個問題，就把鄭處長調到五處，乾脆成全他，給了個正職，他原來的辦公桌就空着，給大家個美好的希望。

第二張辦公桌坐着兩位科長，資歷和年齡都夠老的。上首一位姓劉，是個老太，大家稱之劉姥姥，下首姓高，是個老漢，就被叫作高老頭。劉姥姥精神抖擻，嗓音宏亮，其實患有嚴重的胃病，每到下午三四點鐘非得吃點東西保胃，抽屜裏常年不斷餅乾。高老頭形容猥瑣，整日迷糊眼。可你看他太陽穴凸起，進氣深，吐氣長，顯然氣功已經練到一定程度了。

第三張辦公桌坐着兩位副科長，上首是張大姐，下首是處長的大秘書。第四張桌子坐着辦事員小包，因爲距離窗口較遠，光線不足，桌上安了枱燈。

小包也不小，四十來歲了。腦子靈活，生性開朗，喜歡交際，信息量大；當然這是他自己說的。別人給他的評價是，屁股坐不住，喜歡吹牛，愛傳播小道，活脫一個包打聽。日子一長，連包也省了，乾脆就叫他打聽。

新分配來的小馬，坐在打聽對面。打聽從心裏高興，一則，本來他是全處的脚底板，現在可以升一層了；二則，有了一個談話對象。在心裏，打聽是把自己算在小字輩一邊的。

傅處長讓打聽給小馬介紹工作程序。所有來四處的文件檔案，第一步都到小馬這裏，由小馬送張大姐，大姐看了送劉姥姥，姥姥提初步意見，送處長，處長審批，交高老頭，老頭交大秘書，大秘書交打聽，打聽再還給小馬，正好圍着辦公桌跑一圈。然後，一般檔案由小馬分類入櫃，機密文件交劉姥姥鎖保險箱。

小馬問：「就這點事？」

「就這點事？」打聽反問，「還不夠嗎？」心裏想，等你像劉姥姥那樣成了老胃病，像高老頭那樣練就一身氣功，你就明白這點事有多麻煩了。

小黑板上寫着兩行字：「上午九點召開處務會議，請本處全體同志務必參加。」

大秘書第一個進辦公室，劉姥姥和高老頭跟腳也來了。姥姥問大秘書開什麼會，大秘書說也許是關於整黨的事。

張大姐到了，看到黑板，問劉姥姥，姥姥說：「還不是精簡機構，動員退休。」打聽到了，問張大姐，大姐說：「像是傳達工調精神。」小馬到了，再問包打聽，打聽說：「一定又是動員認購國庫券。」

傅處長來了，剛坐穩屁股，便宣布會議內容爲研究如何搞好本處工作。前一天的廳務會上，各秘書處滙報了本季度工作情況。一處說他們起草修改的文件比上季度增加百分之五十，二處說清謄文稿總字數增加百分之六十，三處說他們的收發量翻了一番，五處說處理的文件總重量爲上季度的一倍半。只有四處，由於本季度收歸檔案和上季度相等，挨了辦公廳的批評。大家一聽這情況，你看我，我看你，都傻眼了。

傅處長讓大家都出出主意，沙場秋點兵，點上了張大姐。大姐攏了攏頭髮，說還沒考慮成熟，想先聽聽劉、高兩科長的意見。

劉姥姥顧左右而不言，高老頭沒躲過去，便吱唔了幾句，說收不到檔案，責任不在處裏，是不是向辦公廳反映一下情況。話音未落，大家「刷」的一下都盯着他，就像看到個紅毛洋鬼子，小馬大爲驚訝。

傅處長沉下臉，「我們沒把工作做好，怎麼還能去麻煩領導呢，還是開動開動自己的腦筋吧。大家不要馬馬虎虎。透露一個消息，很快就要搞幹部鑒定了，處理工作的成敗，對諸位的升降去留可大有關係吶。」

靜了半天，沒人接話，傅處長喉嚨發啞，像是用三號砂紙打了一遍。「怎麼不說話，平時不都是能說會道的，怎麼一到關鍵時刻，就沒一個開口的呢？」

姥姥不肯買帳：「你是一處之長啊，現在不該你拿主意嗎？要是鄭處長在，這種事……哼。」

傅處長把牙齒咬得咔咔響，一句話說不出，張大姐忙打圓場，說什麼處長是很得力的，主要怪大家能力太差。

會議從上午到下午，連午休都放棄了。會中提出過幾個點子，可都經不起推敲，被否定了。直到劉姥姥保胃的時間，打聽又尖聲叫了起來：「我有辦法了。」

「又是什麼餿主意？」劉姥姥滿臉狐疑。

這回可不是餿主意了。第二天，四處的檔案借閱注意事項裏又多了一條規定，「爲了促進機關各部門對檔案工作重要性的認識，更妥善完整地保存檔案資料，本處特作如下決定：凡來本處借閱檔案的部門，必先將若干檔案送存本處，借一存二，依此比例類推，違者恕不接待。」

最初其他幾處對四處此舉頗不以爲然，似乎還有聯手抵制的味道，無奈四處眾志成城，巍然不爲所動，再說誰也免不了得查一下檔案，從老經驗中找些新靈感，於是只得向現實低頭。久而久之，一、二兩處發現四處的新規定對他們並無壞處，爲了滿足四處的要求，他們只能多多起草與清謄文件，結果工作成果又增加了百分之十。三處則無所謂之，只須把原來準備交五處銷毀的文件轉到四處歸檔便成。只有五處吃了大虧，硬生生把成果讓給了四處。包打聽有功於本處，不覺有些沾沾自喜。小馬對開會那天大家對高老頭的態度還是不理解，便問打聽，是不是處室不能向辦公廳反映情況。

「誰說的，」打聽有些憤憤然，「趙主任、孫主任最歡迎下面的同志向辦公廳提意見，反映情況了。問題不在這裏，你懂嗎。比如這次我們挨了批，當然，我們可以向辦公廳反映，說已經盡了最大的努力，責任不在我們。如果我們反映了，辦公廳一定會進行調查，看看我們反映的情況是否屬實。怎麼調查呢，自然不能光聽我們處的，那只是一面之辭，辦公廳會另派一名處長，可能再配上幾個幹部，到我們處來幹一段時間。如果幹得好，那說明我們沒盡力，該挨批；幹得不好，證明我們沒撒謊，批評不當，實踐檢驗眞理嘛。可這裏存在着危險，一來，新幹部很可能幹得不壞，哪怕檔案只多收千分之一，也是多呀，那咱們的處長就完了；二來，就算他們幹得不怎麼樣，辦公廳事多，沒準忘了把他們撤回去，那我們不就乾吊着了嗎？再退一步說，即使他們回去了，這段時間裏傅處長大權旁落，心裏也不會好受。所以我們只能認了，不能冒這份險。」

「那高科長爲什麼要建議反映呢，他不知道其中關節嗎？」

「嘿，明擺着的事，開會那會兒，他氣功正運到關口上，張大姐突然將他軍，他一驚，氣行岔道，走火入魔啦。」

四處的新規定不僅提高了本處的工作效率，而且對各處室都是一個促進，因而受到辦公廳的表彰。四處和三位老大哥的關係也日趨融洽，聽說一、二兩處的處長私下還建議把借一存二的比例提到借一存四呢。只是五處鄭處長認定傅處長坑他，從此見面連招呼也不打了。

小馬收到了幾份二處抄寫的文稿，看了半天，忍不住對打聽說：「老包，你來看看二處歸檔的這幾份文稿，眞要命，太潦草了，我都認不清寫了些什麼。他們不是專搞清謄打印的嗎，那字怎麼寫得這麼糟？」

「就因爲專搞清謄打印，所以字才寫得糟呢。」

「哪有這種道理？」

「嘿，你想呀，二處不是專門搞清謄的嗎？那末，字寫得漂亮，在他們處裏不就是精通業務，學有所長嗎？精通業務，學有所長就應該大膽選拔，提級升幹，對不對？提級升幹了，就應該負責面上的工作，不能再釘在事務性勞動上，對不對？那好，在二處凡字寫得可以的早晚都給提幹了，留下的自然就看不上眼囉。所以說，二處抄的文件肯定糟糕，不這樣，別人就認爲他們提幹工作沒做好。這就像一加二等於三那麼清楚，你啊，還得好好學點邏輯學呢。」小馬不服氣，可也不得不承認打聽的邏輯聽上去確實很嚴密。

機關裏鬧了鼠災。每天一早上班，各人辦公桌上的書籍報刊都被拖得七零八落的，滿地散布着些黑白相同的可疑物質。虧得四處地勢高，老鼠懶得爬樓，所以損失還不是太大。這幾天一上班，少不得大掃除一番，大掃除時少不得交換信息，交換信息少不得以老鼠爲題，而打聽又少不得成了主角。

「聽說沒有，昨晚主任辦公室遭到襲擊，趙主任的抽屜被老鼠攻開了，上月剛買的一百元國庫劵啃得唏里嘩啦，損失慘重啊。姚秘書長運氣好，老鼠吞了她的安眠藥，一命嗚呼也，只是嚇了她一跳，一抽屜的死老鼠。」

「眞的？」

「百分之百可靠。辦公廳已經發文到地震局去了，問他們老鼠造反是否和地震有關。對了，你們知道五處那些同胞們在幹什麼嗎？嘿，他們抓了好些老鼠，養着做實驗呢。聽他們說老鼠啃文件效率高，不會損耗，又不用能源，比東洋貨的碎紙機強多了，說不定他們想用老鼠搞些什麼名堂呢。」

大家都聽呆了，連平日慣永處於無差別境界的高老頭也合不攏嘴。好久劉姥姥才回過神來，不由罵道：「你小子胡說八道。」

「不信，不信你自己去看嘛，不過那股味眞難聞。」

「老包，幫幫忙，認點字好嗎？」小馬捧着一份剛送到的文件，顯然又是被二處的書法考倒了。

打聽一手接過，淸淸嗓子朗誦起來：「各處、室、科：近來辦公大樓出現大量嚙齒類動物，流竄成災，望各部門給予充分重視，立卽檢查損失，布置防、防，噢，防患措施。辦公廳決定，于、于……這兩行看不清了，等等等等。並將情況上報調研室，×年×月×日，就是今天。」打聽認出了大半，頗有點自鳴得意。

傅處長外出開會，家裏是劉姥姥作主。小馬把文件交給姥姥，並問要不要給二處掛個電話，把內容搞清楚。

「哼！多半他們自己也搞不清楚，放着等老傅回來再說。」

第二天一早，剛進辦公室，大家就知道大事不好。關了一夜的房間裏，瀰漫着一股動物園的氣味，地板上鋪着一層白花花的紙屑。

「怎麼回事？」傅處長大驚失色。

沒人搭腔。大家都撲在自己的辦公桌上，忙着檢查損失呢。小馬在抽屜裏放着雙套鞋，以備不時之需的。挺新的鞋子，一只啃掉了幫，一只穿了底。她還沒來得及傷心，轉頭看到張大姐和打聽那兩張哭喪臉，頓時感到一陣淡淡的慰藉。

高老頭和大秘書毫無表情，衆所周知，他們倆的辦公桌內沒有一丁點私人財產。可姥姥竟然也悠閒自得，甚至眼光裏還露着一絲得意之色，眞是令人費解。

「你的餅乾呢？」看到姥姥那事不關己的模樣，張大姐問。

劉姥姥笑嘻嘻地說：「早就堅壁清野了，我就知道這抽屜不保險。你猜我把餅乾放哪兒啦，哈哈，藏保險箱裏了。」

這時，調研室來了電話，要四處滙報昨晚驅鼠情況。

「什麼驅鼠情況？」傅處長莫名其妙。

「辦公廳昨天不是布置過了嗎！」電話那頭反問，「下午五點統一行動，在各辦公室安放驅鼠劑，把老鼠趕出機關大樓嘛。怎麼，你們沒動。」

「我們根本不知道啦。」

「不可能，昨天辦公廳發了正式通知。」

傅處長放下耳機，轉身環視一周，那眼光能讓人渾身的血結成冰，「通知在哪裏？」小馬臉都嚇白了，忙說：「我交給劉科長了。」

劉姥姥知道事情挺嚴重，可覺自己佔着五分理，「通知在你桌上呢，哼，二處那些人的鬼字，天曉得他們寫了些什麼。」

「那你爲什麼不去問？」

劉姥姥不認輸，低聲囉嗦着：「事事都去問，吃得消嗎？誰又知道偏偏在昨天搞什麼統一行動。」

包打聽忍了半天沒忍住，拖着哭腔吐出一句：「哎，辦公廳統一行動，把全大樓的老鼠都趕到我們處來了，哎。」

「老劉，」張大姐關心地問，「你把餅乾藏保險箱裏了，那原來放那兒的機密檔案呢？」

劉姥姥突然面色發白了，沒顧上答話，趕緊跑到牆角上，拉開一扇木櫃門。「轟」地一聲，一羣老鼠竄了出來，在小馬的尖叫聲裏，向四面逃去，轉眼沒影了。大家都圍上來，瞪大眼睛望着木櫃，只見一股白色的粉塵像蘑菇雲似的冉冉上升，哪裏還有什麼檔案啊！

「老劉唉，你就是這樣保護重要檔案的嗎？」傅處長的聲音倒和平下來了，彷彿吃過了退火氣的藥。「我立即就向辦公廳滙報這一嚴重失職事件，我要請求辦公廳給我以最嚴厲的批評，作爲一處之長，我應承擔主要責任。至於老劉，我將建議辦公廳予以適當處分；退出保險箱鑰匙，坐到第四張辦公桌邊去。」

劉姥姥終於垮了，呼天喊地地撲將上去，「處長，看在我工作多年的份上，再給我次機會吧，你扣我獎金吧，半年都行，可別讓我換辦公桌呀。」說着她眞的老淚縱橫起來，大家從未見過姥姥這般難過，傅處長也不覺有些猶豫。

「我們處可從來沒出過這樣的差錯，哎，一世英名哪……」張大姐在一邊嘆息着。這聲嘆息使處長下了狠心。

報告送上去了。按機關的程序，先得經一處修改，二處清謄，然後由三處呈送。這幾天，劉姥姥就像生了場大病，一下老了許多，連雷打不動的保胃丸都常常忘了用，時不時掏出手絹，把辦公桌細細抹上一遍，抹着抹着眼眶便紅了。看着她那副傷心樣，小馬都想哭。其他人可不像小馬那麼多愁善感。高老頭照樣練氣功，大秘書照樣無事忙，張大姐照樣笑盈盈地與姥姥閑聊。只是打聽不成氣，不一會便理一次自己的抽屜，顯然想等張大姐坐上姥姥辦公桌以後，就去佔據張大姐的那張。

過了幾天，還是沒動靜，打聽坐不住了。一天，他悄悄溜出辦公室，沒多久又悄悄溜了回來。小馬見那副垂頭喪氣，癱倒在椅子上的模樣，便猜到出師不利。

吃中飯時，趁無人在場，小馬叫住打聽，「老包，打聽到什麼啦？」

「別提了，又讓姥姥滑過去了。」打聽滿臉晦氣。

「怎麼回事？」

「我就知道不對頭，怎麼那麼多天一句下文沒有呢。我去問了三處的小肖，他私下對我說，前兩天二處好像轉去過一份報告，內容像是說咱們處的事，可字跡太草，看不清該誰收件，他自作主張給發到五處去了。知道了吧，多半這報告已經被五處銷毀了，辦公廳連影子都沒拿到。」

「這還不好辦，上辦公廳查一下收文登記。不就得了。」

「嗨，機關有制度，只有三處才有權檢查收文登記。你要是請三處去查，就得有個理由吧，可小肖，就是砍了腦袋也不會承認送錯了文件，他不認帳，三處就會說我們無理取鬧，不會替我們去查的。」

「那也有辦法。我們就只當辦公廳已經收到報告了，請他們盡快給個答覆。這樣，要是他們沒收到報告，他們自已會讓三處去追查。」

「催促辦公廳答覆，當然也可以，但是一定得有一個前提，就是辦公廳還沒有給我們答覆。可現在辦公廳雖然沒答覆，卻並不等於沒有給我們答覆呀。換句話說，他們可能已經給我們一個答覆了，這個答覆就是沒答覆。」

「你別繞口令好不好。」小馬糊塗了。

「說簡單些吧，辦公廳之所以不給我們處答覆，也可能是認爲處裏的決定不妥當，因此把報告壓下來了，希望大家都別再提起此事。如果不能排除這種可能性，那就不存在催問的前提，沒有前提，就不能去催，否則別人會認爲我們缺乏分析判斷力。這就像一加二等於三那麼清楚，你啊，眞得好好學點三段論。」

「那，我們也別去催問，乾脆重新打份報告上去好了。」小馬想了想又說。

「那怎麼行，」打聽有些惶恐了。「人家外國佬執行絞刑，碰巧套索斷了，犯人沒死成，就得饒他條命，不能再吊第二次。這挨槍砍頭抹脖子上吊的生意，也只能一次爲限，我們這點小事還值得提嗎。退一萬步，就重打一份報告吧，可那也得有個前提，就是辦公廳沒收到我們的報告，現在你如何證實這個前提呢……哎，都怪二處的那些混蛋抄寫，眞他媽的禍國殃民。」

以後的幾天，還是沒消息。劉姥姥逐漸恢復了常態，該幹什麼又幹什麼了。傅處長皺緊眉頭，不時睨姥姥一眼，顯然也大費思索。有一天他像是想通了，要不就是不願再想，反正從那以後，他對劉姥姥比出事以前更爲親熱了。

「特大喜訊，聽說了沒有，」打聽悄悄對小馬說，「傅處長交了紅運，要被提升爲局長了。」

「是嗎，可這跟我們有什麼關係？」

「你眞是遲鈍。告訴你吧，機關剛成立那時，我們不過是秘書科的第四組。後來論功行賞，組長評了科級，於是名正言順，四組成了秘書四科。文革後調級，科長升成處長，我們又成了秘書四處。現在傅處長如果升爲局長，我們不就成秘書四局了嗎。水漲船高，強將手下無弱兵，嘿，你我還不弄個副處正科的當當。這就像一加二等於三那麼淸楚，怎麼能說沒關係呢？」

不幾天，傅處長接到辦公廳的通知，要他參加一個學習班。同時接到通知的還有五處的鄭處長和廳裏其他幾名處級幹部。機關上下都傳開了，說領導要在這幾位處長中物色晉升人選。

打聽成天屁股不着板凳，在大樓裏上竄下跳打聽消息，傅處長也睜隻眼閉隻眼，持默認的態度。沒兩天，消息全到手了。這次學習班採取開門辦學方式，先到廣州、深圳、青島、大連、北戴河等沿海城市實地考查一番，然後閉門學習討論二周，結業時各人交一篇關於行政管理的論文，寫得好的作爲科研成果，在「市機關行政研究會」年會上宣讀。上面對這個學習班很重視，認爲是機關改革的新嘗試，辦公廳趙、孫兩主任親自帶隊，聽說部長們也要參加。傅處長得了這些信息，也不知是喜還是愁，兩條眉毛像小山似的，壓得眼珠向外突。

傅處長去廣州考察了，臨走對處內工作做了安排。本來理應是劉姥姥自然頂替，但現在姥姥身份不明，處長一動腦筋，把責任一分爲四：思想工作由姥姥管，業務由高老頭負責，生活人事讓張大姐抓，行政事務則交給大秘書。走前還找打聽密談了一次，內容誰也不知道。

傅處長走後，打聽成天忙忙乎乎，大部頭的著作搬出搬進，處裏誰的差遣他都不受了，一副神氣活現的樣子，逗着別人摸他的底。可大家都忍着，誰也沒問。最後還是打聽自己憋不住，說了出來。原來傅處長交給他一項重要任務，讓他趕一篇論文，題目是《從機關的起源、發展看二十一世紀的行政管理》。寫完了如何，打聽沒說，大家猜想一定還有後話。打聽埋頭苦幹了兩星期，寢食不思，終於搞出個初稿。寫完後搖頭晃腦地自我欣賞起來，讀到得意處就想念出來讓大家品味，老字輩和大字輩的極有禮貌地讓打聽明白興趣毫無，於是聽衆就只剩下小馬一個了。

「小馬，聽聽這一段怎麼樣，『機關』一詞起源已久。機者發動所由也，或訓巧詐；關者機捩也。《後漢張衡傳》曰：施關設機；《大學》曰：其機如此；《易林屯之謙》曰：甘露醴泉，太平機關。可見古代中國對機關的含意已有頗深之認識。我國偉大的文學家曹雪芹曾對此作過精闢的論述，『機關算盡太聰明，反誤了卿卿性命……』」

「這都聯得上嗎？」小馬忍不住說。

「怎麼聯不上。我問你，機關是什麼？《辭海》曰，機關一作辦事單位或機構，二作周密而巧妙的計謀或計策，就是說機關是由這兩層意思合成的，大機關套着小機關。進機關的人必須得聰明，不聰明怎麼算機關呢，但又切不可太聰明，太聰明就會誤性命。要聰明，不可太聰明，要算，又不可算盡，這裏頭有多深的辯證法。這個曹老兒眞是個絕才啊。」打聽就差給曹雪芹磕響頭了。

傅處長回來後，看過初稿，覺得還滿意，讓大秘書送二處打印二十份，並附了張向二處處長示謝的便條。大秘書要小馬把便條抄一份，小馬覺得不過兩行字，字跡也淸楚，就請示大秘書，是不是不必再抄，直接送二處得了。大秘書驚奇地看着小馬，說：「處裏有規矩，處長的手稿要存檔。你來這裏就是幹這種事的，要是連這都不幹，你來幹什麼？」小馬無奈只能抄了，可大秘書的話一直哽在他喉嚨裏下不去，氣一急，手脚都不順，結果抄得比二處的天書還難認，大秘書接過抄件，愣住了，拿着兩張便條對比了半天，最後還是把處長的眞跡送了二處，把小馬的墨寶壓在處長的寫字桌上了。

以後的幾天，傅處長去青島繼續考察，處裏靜悄悄的。大家口裏不說，心裏都憋着勁。打聽時時禱告上蒼讓傅處長升官；姥姥每天咀咒三遍，讓姓傅的出門遇車禍；大秘書又想跟處長上去，又怕打聽會坐到自己前面；張大姐表面如滯水，誰也看不出她內心的漩渦；小馬找到了對付大秘書的方法，興高采烈；高老頭趁無人干擾，狠練氣功，把百會湧泉諸穴都打通了。

然而平靜沒能維持多久。沒幾天，一條新聞在辦公室炸開了，傅處長的論文沒選上，而五處鄭處長的倒中了頭彩。他的題目叫《論行政管理中的雙逆向趨勢及層次反差》，孫主任給之以極高的評價，說光看題目，就已能透析出當前機關多元幹部框架的相位標高。

消息傳來，不管各人原先的算法如何，現在可都想着水漲船高的好處，於是一個個像拔掉塞子的皮球，軟了。打聽整天明查暗訪，揚言要找出那個替鄭處長捉刀的槍手，眞刀眞槍地較量一場。

幾天後傅處長上班來了，帶了兩盒青島特產高粱飴，犒勞諸軍。他臉晒得黑乎乎的，精神也很好，看不出剛受過沉重的打擊，只是在拿起寫字桌上小馬抄好的那張便條時，露出一點迷惘的神色。看了半天，他才搖着頭說：「這就是我寫的字嗎？哎，眞是老囉，手抖得這麼厲害。」小馬也不知道他是眞糊塗呢，還是聽從了曹老兒的告誡，不敢太聰明了。

高老頭正閉目養神。打聽沒好氣，向他發難了。「喂，高老頭，你在想什麼？」

高老頭微睜雙眼，目中精光陡射，「我在尋思，達摩面壁時在想些什麼？」

「想練一門高深的氣功。」打聽說。

「想取代釋迦牟尼。」張大姐說。

「想老婆了吧。」處長說。

「達摩是誰？新來的嗎？哪個處的？」劉姥姥問。

「想老婆了，」大秘書說。

「想忘掉自己，」小馬說。

「你自己說說看，他在想什麼？」

高老頭目光一斂，頓時神情又萎頓下來，「我怎麼知道，要知道了我又何必去想呢。」

繼續操練

「這麼說，你就隱居在這個洞裏？」

四眼在我身旁坐下，倨傲地打量着這間辦公室，兩眼珠架在眼鏡上方，像一隻什麼怪鳥。

我說是啊。他滿臉通紅，看來剛喝過酒，可能還嚼下兩打蒜頭。一開口，一股熱騰騰的氣直沖我臉而來，熏得我想噴飯。我忙點上支煙。

「都幹些什麼？」

熱氣又撲了上來，我搖搖頭，往後一仰，噴出一口煙去，看那煙和熱氣糾成一團，好不熱鬧。

「什麼也不幹，黃魚？」

「還沒操練到這種水平，」我說，「豎起耳朵，到處轉轉，打聽打聽女明星的成功秘訣戀愛經過什麼的，然後塗幾頁稿紙。四版記者嘛，還能幹什麼！」

他不顧濃濃煙霧湊過來。「只對女演員感興趣？對教授呢？對蜚聲四海的教授剽竊學生的研究成果，你們有沒有胃口？」

我心裏一動，可裝着毫不在意。「嘿，四眼，我們這裏是一本正經的報社，不來那些道聽途說的醜聞。」

「怎麼是道聽途說呢，」他惱了，臉漲得更紅，一對鳥眼直瞪着我，「坐在閣下面前的正是那個不幸的蒙難者，他受到慘無人道的迫害，卻無處伸寃。天哪，你瞎了狗眼枉爲天……」

四眼是我的大學同學。有人說，我們倆都是華大中文系的尖子，想來那些傢伙在整體上把我們七七級三班看成個橄欖核。不過我和四眼的感情確實不錯，在一間寢室相安無事了四年，充分證明「物以類聚」只是句毫無根據的謊言。畢業的時候，不知是計算機短路，還是哪個開後門的弄巧成拙，我被分配到最爲搶手的報社，四眼雄心未已，報考研究生，一發中的，被理論教研組的王教授收在門下。那以後我們見面少了，聽說他現在紅得發紫。

「得得得得，別唱了，你又不攻戲劇史，」我打斷他的興頭。「人都說那王教授把你當成了寵兒，準備爲你和他寶貝女兒拉皮條什麼的，怎麼翁婿鬩於牆啦？」

「寵倒是眞寵，可惜寵過了頭，把我的也當成他的了。」四眼氣勢洶洶地掃視一周，像要在這小辦公室裏尋仇似的。「我化了半年時間搞出一篇論文，你知道我寫什麼？《紅樓夢》第六十三回怡紅夜宴的座次排列，這是中國古典文學研究的哥德巴赫猜想哪！桃子被我摘下來了，可化了多大勁兒，一百六十個不眠之夜，字字看來都是血！」他話鋒一轉，「論文的內容我就不說了，反正說了黃魚你也不懂。」

我笑了，四眼還沒忘記我跟《紅樓夢》的緣分。這部書可說是我四年大學的總結，入學第二天我去圖書館借下，到畢業前一夜才還。倒不是我沒時間看，我常看，幾乎每晚上都翻一頁，特別是期中期末考試前夕，當我神經繃得亂跳時，它簡直就成了我對付失眠的良藥了。

「我把論文呈給王老頭看，心想有老頭推薦，準能在權威雜誌上打頭條。等文章發表時，你猜怎麼樣？」

「老頭的大名排在你前頭。」

「他的名字在前頭不錯，可我的名字連屁股後都沒有！你明白嗎！」

他大吼一聲，把滿口熱氣噴在我臉上。我搖晃一下，屏住呼吸，拍拍他的肩。「明白了，老傢伙獨吞，連骨頭都不吐。行，看我們同窗四年的交情，我要起草一篇檄文，讓駱賓王的討武曌比起來像卡西歐電子琴廣告。放心吧，四眼老兄，咱們和他纏上了，非報這一箭之仇不可。」

二

部主任老馬正閉目養神，聽我說了四眼的事，沉思一會，抿了口茶，喉嚨裏響起陣滋滋的聲音。我知道事情要壞，他準提那些陳年爛谷子老帳，要不想個脫身之計，這大半天就算送給他了。

「四十年前，我在西南聯大念書，當時教我新聞學的是美國新聞理論權威麥克林教授。他可是眞正的權威。開學第一課，麥教授問我：『什麼是新聞？』我茫然，不知從何說起。麥教授一笑說：『Very 簡單，狗咬人不是新聞，人咬狗就是新聞。』你聽聽多精闢，多簡潔，多深刻。可惜汝生也晚。」他翻出眼白，顯然至今仍對麥教授的風範驚嘆不已。抓住這時機，我打了個噴嚏，這一招我練了不少日子，能一連來五個。遺憾的是，只一個就讓馬頭啞了。

「眞對不起。」我手忙腳亂，抓起桌上的揩布想給他擦臉，被他一把推開。「出去！還呆在這裏幹什麼。」他怒目圓睜，「去寫一篇報導。懂嗎，學生抄教授不是新聞，教授抄學生就是新聞。記住，這回可別讓對面的搶在你前頭，要再出上個月那種事，你趁早打報告辭職回家賣瓜子去吧。」

馬頭說的對面，是指街對面的那家日報社。我們兩家是市裏僅有的大報，因此也就成了誓不兩立的競爭對手。據說兩家主編每天睜開眼來第一件事，就是研究對手的報紙，要是哪條消息對方該登沒登我們登了，發稿記者到月底準跑不掉一份好稿獎，要是咱們該登沒登而對手登了，那就該有誰倒霉，至少被上頭提半年耳朵。其實這樣的事也不常發生，頭兒們打仗，小的們可沒打算送死，能得好稿獎固然不錯，但反過來就不是味道了，誰能保證不失手呢。想通了這層道理，我們這些跑消息的都和對面的同行簽下和約，互通有無，榮辱與共。可憐主編主任們還不知道已成孤家寡人，兀自一個勁地擂戰鼓。

和我跑同一條線的對手，是個剛出校門的小姑娘。從生意上說，我跟她言和並不上算，出得多，進得少，不過我還打着個小算盤，小姑娘長得甚合孤意，我正在她身上下功夫呢，捨得花本錢。上個月裏，有個姓溫的中提琴手自海外學成歸來，在市裏開獨奏音樂會，這是分內的差，非去不可。小姑娘的座位跟我只隔着兩三個人，一進劇場，我便鈎起食指打個問號，問有什麼內幕消息，她搖搖手說沒有。大幕拉開，姓溫的自報一番家門，拿起吃飯傢伙。說來這小子確實有點才氣，我從來沒想到還有人能把音樂這東西操練得那麼難聽，鄰居家辦婚事，請來兩個木匠日夜開工，相比之下，鋸木頭的聲音都像是天籟。一曲未了，前後左右的人都低眉合目，彷彿喝過白日鼠白勝的藥酒，一個個倒也。我堅持了一會，也昏昏地睡去。醒來時只見大伙都欣喜若狂，拼命鼓掌，那溫兄在臺上頻頻揮手致意，頗有些得勝回朝的味道。

要是將來能有個一男半女，我絕不讓他繼承父業。記者這一行，眞不是人幹的，受了一晚上的罪，別人回家睡安穩覺，你還得去報社搜索枯腸，吹捧那些心裏想摔地上吐口痰再踢一腳的貨色。每逢這種時候，我就開始懷疑系裏分我來是不是存心捉弄我。有一回四眼來報社，我向他訴苦。「你從來沒吃過藥嗎？」他說，「我可是天天吃。眼一閉，頭一伸，咕嘟一口就下去了。好吧，傳你個秘訣，教詩詞的老師不是常提詩眼嗎？作文章也有個眼，導語正文結論，再不失時機地插幾句四字成語，以示文筆老辣，絕對沒錯。」他給我一本萬寶全書，幾百條如珠妙語，分別按形容音響、畫面、文辭等等歸類，說這是他從小學五年級起嘔心瀝血收集的，我想他是吹牛，多半偷了別人的二手貨。可不管怎麼說，這破本子算救了我的命，靠着它我才蒙過了馬頭，讓他覺得我肚子裏還有些正經學問。每次用它，我都懷着一種極虔誠的感情，洗掉指甲縫裏的汚垢，按照四眼的使用說明，閉目點去。「你信手點，無論請出什麼，我都保你合用。不信你試試，能形容天邊悶雷的，準能形容一百條牯牛發情亂叫。要是你準頭太差，點錯了分類，效果也許更好，內行看了會說你是高手，懂通感什麼的。」他眞還有些研究，你看，我給溫兄點的是廻腸蕩氣和餘音繞樑。說男低音、百靈鳥、琵琶、賣冰棒的吆喝、灑水車喇叭、哪怕放屁，這兩句都合適。

第二天到辦公室，看到玻璃板下壓着馬頭的紙條，要我一到立刻去見他，後面拖着三個驚嘆號。我抓過張對面的日報，才知被小姑娘坑了。不知她從哪裏得來的靈感，竟說那溫兄是晚唐溫庭筠的三十九世孫，無怪其琴韵如此婉約委致云云。這樣重要的消息居然不告訴我！正想着退路，馬頭打上門來，那眼神就像要吃了我似的。儘管我裝出副最可憐巴巴的謙卑樣，他還是把我弄去拆了一個月的羣眾來信。那一個月裏，我想過的復仇手段，足以出一本《基度山恩仇記》新編，恐怕大仲馬看了也得齒寒。

我們一鷄兩吃怎麼樣，四眼老兄，你救你的趙，我圍我的魏？我朝想像中的四眼眨眨眼，便向車站走去。

三

我在華大的南京路上蕩過來蕩過去，腳骨酸得像剛跑完一萬米越野。從報社到這裏，得換兩部車，整整八十分鐘的站樁功。一個足有二百斤的胖女人，把我的大腿當成靠背椅，心安理得地坐了五站。我沒吭聲，並非想着殺人，心地反倒善良起來，而是我屁股下也有把「沙發」，原想等那人叫喚，再把胖女人哄走，可他一直不開口。於是我跟「沙發」較起勁來，看爾忍耐到幾時。一較五站路，便宜了胖太太。到華大，我們一塊下車，再看那「沙發」，卻是個精精瘦瘦的小個子中年人，滿臉電車軌道，一副中度營養不良的樣子，眞沒想到他耐力這麼好，鄧祿普投胎？進了校門，沙發往辦公樓那邊去，我直奔南京路。這南京路不過是條林蔭道，只是地處要衝，爲系辦公室到教學樓的必經之地，各色人等都從這裏粉墨登場。來來往往的人中，我看到好些中文系的老少，可都不是我要找的。胖女人的體重這時在我大腿小腿直到腳底板上完完全全顯示出來了，想坐下歇歇，又找不到地方。校當局禁止在花前柳下置板凳，怕學生讀了西廂紅樓，在這兒風花雪月起來。

戴着校徽的大學生們，三三兩兩從我身邊擦過，男的像剛會打鳴的小公鷄，女的像剛能下蛋的小母鷄，連眼角都不向我掃一下，多半以爲我是誰找來修剪冬青樹的臨時工。一看這些狗男女，我心裏就有氣，媽媽的，想當初你爺爺在這裏打天下時，你們還不知躲在哪個幼兒園裏呢。難道那塊小白牌眞有那麼大魔力，讓人掛上就想翹屁股搖尾巴？我可沒這方面的體會。剛進校時，我有次戴着校徽去食堂買飯，排在後面的兩隻小母鷄指着我脊梁唧唧喳喳，「看前面那個滿臉鬍鬚皺紋的老頭，天哪，他還是個學生呢。」我回過頭，向她們做了個鬥鷄眼，亮出一口板牙，嚇得小母鷄不敢吭聲，可我的胃口也敗了。四眼在一邊火上澆油，「都到而立之年了，還學什麼老天眞。」我一怒之下，把小白牌丟進套鞋裏。後來在校園圖書館勞動，和那班一二十歲的職工混得挺熟。學校給他們的都是紅校徽。他們不好意思戴，說人一看就知是冒牌貨，都懇求我們給換個白的，也過過當小母鷄的癮。我和四眼成全了他們，從此便掛起紅牌招搖過市，讓那些剛出幼兒園的懂禮貌的乖孩子衝咱們叫老師好，讓近視眼老師以爲課堂裏有監聽的同事，緊張得兩手直抖，把嗓門提高了八度十六度。

等的人還沒露面。我想這世界上大概沒什麼比等人更糟蹋人的了。記得外國作品課上講過一齣戲，《等待戈多》，四眼對之佩服得五體投地。那天我睡得正香，被他叫絕叫醒。「是不是地震了？咱們跳窗？」我問。「把心放口袋裏，黃魚，我在看《等待戈多》。」「戈多是誰？」「一個永遠等不來的人。」「誰等戈多？」「一羣不知戈多是誰的人。」「那有什麼好？」「睡你的大覺去吧，」他說，「跟你說不清楚，你根本不懂。」好像他是戈多的小舅子似的。第二天我從四眼的臭襪子中間把那書找出來看了一遍，按說如果眞有誰懂的話，那該是我。這幾年來，我越來越覺得自己進中文系是誤入歧途，每天聽老師搖頭晃腦地操練漢賦唐詩宋詞元曲創造社太陽社的文藝主張，看左右前後的老頭老太太小公鷄小母鷄搖頭晃腦地發出會心的微笑，而自己卻莫名其妙，那種滋味，換個神經脆弱些的小子早就自殺了。雖說我犧牲了自己成天陪別人上課，可所有的考試媽媽的又全對準了我。那一陣，我眞感到自己是華大最不幸的人了。就那樣，我以爲這戲狗屁，己所不欲勿施於人嘛。四眼喜歡，可他生活裏沒一點能沾戈多的邊，他的目的明確極了。一年級，當王教授的課還能吸引老傢伙們提早二十分鐘去搶座位時，他就哼着鼻子對我說，「有什麼了不起，給我幾年時間，你看我把他宰了。」那豪氣，我還以爲是阿基米德說給我一個支點，列寧說給我一支布爾什維克的隊伍呢。他計劃是門門課得優，畢業後當兩年研究生，再出國兩年混個洋博士，然後回來發起總攻。迄今爲止，他每一步都踏在拍子上。這樣的人，他說他欣賞戈多！我不客氣地勸他別那麼缺德，不能搶走了旁人的出頭機會，再去奪旁人的自娛方法。四眼大笑說：「這回你總算有那麼點 feeling 了。」什麼話呢，還沒出國就滿嘴洋味。

我的戈多來了。遠遠的，太陽底下有一團東西閃亮，走近看，一個蒼蠅停不住腳的油頭，一副金絲邊眼鏡。我有點擔心，兩年沒見，不知他的脾性變了沒有。

「侯老師，你記得我嗎？我是你的學生哪，我姓李，七七級三班的。你給我們上過一年的古代作品，還記得嗎？」

「記得記得，小倪同學，很久沒見了，你好。」他客氣地躬了躬腰，我放心了，還是那個教書匠。

「畢業兩年了吧，分配在哪兒工作？」

「市報社。」

「啊報社，很好很好。」他有些心不定，連連用皮鞋後跟刨泥地。我能理解。要跟一個幾乎完全陌生的攔路者作親切交談，即使對他這麼個好脾氣來說，也不是件容易的事。有一會兒他使勁擰起眉毛，大概想和我說說班上其他同學，可很明顯一時裏找不到他們的名字，於是他換了個話題，說：「近來在讀些什麼書？」

「《飛狐外傳》，」我隨口回答。

「啊非，非什麼？」

「飛——嗯，是晚明金庸草堂的筆記小說，新近影印的。」

「啊，聽說過，很好很好，」他又躬了躬腰，我陪他向系辦公樓走。「很好。沒想到，你現在還那麼用功，小余同學。」

「小李，」我也躬了躬腰。「原先我是攻現代文學的，現在想來，還是應該趁年輕的時候，多鑽一些紮實的學問。」

「是啊，是應該這樣，」他由衷地表示贊賞。「你還沒忘了母校和老師，很難得。古人曰：『青青子衿，悠悠我心』，這很好，小黎同學。」

「木子李，」我知道他想用《詩經》來壓我的晚明筆記，決定姑且讓他一讓。「一方面前來拜望老師，另一方面報社也要我來做些調查，學校的一位教授剽竊了學生的論文。」

「有這樣的事？」他站住了，摘下氣度不凡的金絲邊眼鏡，「是哪個系的？」

我看了看前後左右，壓低嗓門說：「就是我們系的。」

「眞的?!」他也向前後左右望了一陣，用幾乎聽不見的聲音說，「老李，能不能告訴我他是誰?」

我讓侯兄叫了我三聲老李，才滿足了他的好奇心。說完我拔腿便走，把他丢在原地，激動得滿面放光，渾身打戰。要是我算得不錯，我的調查可以到此爲止了，從今天起，所有我想見的人，都會自已跑來找我的。

四

「要是你敏感些，要是除開你那身臭皮囊，對外界的事更關心些，要是你老娘懷你的時候多吃點鷄蛋和維生素，讓你的破腦袋發育得飽滿些，你也許會明白學校是怎麼回事。」在接到研究生錄取通知書那天，四眼對我說了這番慷慨激昂的話。「你看窗外那些小鷄，抖着一身羽毛，飛到東飛到西，神氣活現，自以爲學校是他們的。他們完全錯了。在學校眼裏，學生永遠是來去匆匆的過客，只有教師，明確地說，只有主流派的教師才是眞正的主人。因為，他們就是學校。」

「也許他們就是宇宙，就是聯合國，那又怎麼樣？」

「燕雀安知鴻鵠之志。從踏進學校那天，我就下定決心，要成為他們中的一員。我曾對着中文系辦公樓暗暗發誓，我要殺進去，紮下根。我們的目的一定要達到，我們的目的一定能夠達到。我所以遲遲未動手，只為對中文系榮寧兩府的實力，還沒能做出一個清醒的判斷。在劉老教授和柳老教授之間，我必須作一選擇，選擇誰呢？」

「警惕某些別有用心的人挑動羣眾鬥羣眾！」

「榮寧二府源遠流長。兩位老掌門都是著作等身的權威，在學術界的聲望地位不相上下。第一線的實力人物中，劉老的門生王、李教授分長理論和現代文學二組，柳老的門生張、趙教授分長古典文學和語言二組，形成割據之勢。觀其第三第四代，也各有一批後起之秀，旗鼓相當，卽使進行足球比賽，恐也難卜勝負。是劉，還是柳，這是一個問題。」

「那位太太結實的肉體……」

「經過細致地分析推測，我發現一個不容忽視的信息。劉派弟子運用了嶄新的比較文學研究方法，已經打入柳派傳統的古典文學領域。此外，劉老早年就讀於愛丁堡大學，這對實現鄙人自我設計的第三樂章也是有力之保證。因此，我毅然決定投身王老麾下。我相信，這是我一生中最重要的抉擇，而且必將對華大中文系的前景產生極其深遠的影響。」

四眼左手擱在窗臺上，右手在空中胡亂比劃。看那模樣，他大概以爲自己是美國總統候選人，正對着芸芸衆生發表演說呢。他就有這種本領，一旦打定主意要唱，你即便在他耳邊唸妙法蓮花經也無濟於事。我煞了他三次風景，沒擋住他，只能由着他牛皮哄哄。不過他哄哄裏還有些眞貨色，系裏那兩派的勾心鬥角，連我這從不踏教師家門的人都感覺到了。你這邊揚李抑杜，他那兒非揚杜抑李不可，劉字號的下層弟子，如果對趙教授道聲天氣好，就可能被判決有叛變之嫌，反過來也一樣。聽說有過一個助教，因向對方的女研究生求愛，結果被自己人視爲異己，被對手視作間諜。其實，跟定旗幟一往直前倒也簡單，只要鐵了心，有耐心，又能確保比別人活得長，總有一天能爬到教授，苦了的還是那些與兩邊都不沾親的外來戶，系裏大大小小的實惠，全被兩老的門生、門生的門生、門生門生的門生佔了，留給他們的只剩個自甘寂寞，還老被人懷疑成有奪權企圖的野心家。像教我們古代作品的侯老師，在古典文學組向張教授靠攏了二十年，到如今仍是出朱非正色。話說回來，聽雙方將士在課堂上拿千百年前的文人騷客打現代戰爭，倒比乾巴巴地背書有趣得多。

「我說完了，謝謝大家。」四眼微微一躬，頗有風度。

「總統先生，能否請你就拜在老王門下一事發表些感想？」

「他完了。不知他是否意識到這點，從我考取的那一刻起，他就完了。請記住這個日子。今天，一九八二年一月二日，華大文學理論界的王時代已告結束，一個嶄新的時代即將開始。」他看着光光牆壁，嘴邊露出殘忍的微笑。

寢室裏只有我們兩個。分配結束後，同學都作鳥獸散，本市的回市裏的家，外地的回外地的家，還沒走的也打起了舖蓋卷，上街去進行最後一次掃蕩。掛了四年的蚊帳一朝除下，寢室頓成了荒山禿嶺，透出一股悲涼味。四眼的演說與這氣氛倒也合拍，只是顯得不像美國總統，而有些像風蕭蕭易水寒的壯士，不知那會唱小曲的荆軻口才如何。

那天上午，重感情的好孩子們端着從箱底挖出的紀念册，一間間寢室找人留言。册子第一頁，多半還有幾行歪歪扭扭的字，「好好學習天天向上某某題於小學六年級畢業時」。我窮於應對，四年裏攢下的那些格言和貌似格言的陳詞爛調一掏乾淨，最後把「螳螂捕蟬黃雀在後」之類的屁話都操練上了，也沒管它是不是吉利。我臨走的時候，四眼心血來潮，提議我們兩個老傢伙相互留條偈語。找了半天，寢室沒張乾淨紙，我說不妨學「借東風」，寫在手上也罷。於是兩人各把左手伸到對方鼻子底下，右手執筆，在臉前的掌心裏寫起來。那姿式大約很怪，兩個過路的小母鷄在窗外覷見，嘴張得老大合不攏，準以爲這就叫同性戀什麼的。寫完再看，我和四眼都一笑，我給他留的是「趁火打刼，見好就收」，他給我的是「混字當頭，立在其中」。

五

不出所料，從華大回來的第二天，我那間小辦公室就門庭若市了。除了兩老和四大組長以外，系裏那些教過沒教過認識不認識的老師都在我這裏報了到。畢竟是知識分子，溫文爾雅，親顧草廬不說，還都不讓我執弟子禮，非稱兄道弟不行。在報社同仁心目中，我的地位大大提高了，馬頭悄悄把我拉進廁所，承認自己過去門縫裏看人，沒想到我在母校還是高材生，說得我差點想跟他來個大擁抱。

老實說，在華大四年，一千五百天，湊在一起都沒有那麼多教師和我面對面地操練過。他們有的要火上澆油，有的要釜底抽薪，人人都說拜托了。我眞有些受寵若驚，不知如何是好。總算《紅樓夢》裏唯一讀完的那章節給了我些靈感，我睁大眼，張大嘴，想像自己就是那大觀園裏的劉姥姥，口中只說三個字，嗯噢啊，以不變應萬變，居然也讓所有的人都盡興而歸。唯一遺憾的是，多半老師都沒弄清得意門生姓什名誰，有叫小倪的，有叫老俞的，看來不推廣普通話的確不行。

第二天，又有人來找黎同志。我打開門，不由得一樂。「嘿，你不就是那個沙發嗎？」「對不起？」他驚恐萬分，臉上的電車軌道像是搬錯了岔，都絞到一塊去了。「你說我是什麼？」

我忙安慰他，「沒什麼沒什麼，我是說我們見過。不是嗎？在電車裏。」沒想到沙發也是咱們系的教師，照顧夫妻兩地分居，從北大調過來的。那時我已經畢業了，所以沒見到。我請他進屋坐下。可憐的外來戶，在擠車來的時候，不知他是否又被人當成了沙發。

「我從這裏路過。久仰大名，如雷貫耳，故來拜訪。」他有些拘謹地說，「太好了，原來我們是故舊。在電車上見過？那電車可眞擠，是吧？」嗯，我睁大眼，開始進入角色。「這幾天，系裏大家都在傳頌你的名字，眞是平地一聲春雷起，打破了萬馬齊暗的氣氛。」

噢？「你不知道？眞的不知道？哎呀，中文系現在就像元春省親前的賈府，亂得不亦樂乎。劉柳兩派之間大打出手，劉派內部相互指責，大有把廬山炸平之勢。」啊！「眞的，我一點都不誇張，空氣緊張極了。王教授托病躲在家中，已經幾天沒來上班了。身爲教授，理論組長，竟然剽竊自己學生的論文，無恥之恥，無恥矣。連他師弟李教授都表示匪夷所思。」啊！「你還不知道吧，要是你來得再晚些，那王，可能已經坐到系主任的位置上了。」噢？「都內定了。這次系主任改選，柳派明擺着沒份，候選人就這邊的兩位。聽說王李雖同出一門，卻也各不相讓，只能請劉老欽定。劉老也不好說話呀，最後還是天地君親師，長幼有序，選了王。」嗯。「現在王是不成了，非讓賢給李教授不可。柳派那邊原來悶聲吃癟，可眼下這裏也出了一件醜聞，一比一，換發球，他們也要揚眉吐氣囉。看來鹿死誰手尙不可預料。」噢？「怎麼，你連那件醜事都沒聽說？嘖嘖嘖，你總知道柳老的外甥，就是張教授的女婿，也就是趙教授的學生吧？他在咱們語言組。上個月，他從學校圖書館偸了一部《廣韻》。」噢？「他把書塞進書包便走，沒想到圖書館從西德進口了一套防盜裝置，書裏插有磁片，一到門口警鈴就響。」啊！「門衞知道他的身分，存心給留着臺階，說話挺客氣，『老師，你是不是忘了還書哪？』他斷然否認。人家門衞又說，『你瞧老師，警鈴都響了，這種科學東西，不像人，不會無中生有。你打開包看一下，要有，還回去不就得了。』他也眞是，反倒提出抗議，說是汚辱人格。」啊！「門衞急了，把他帶進辦公室，一開包，他可就啞然失色囉。聽說柳老氣得吐血，從此一蹶不振。」啊!!!「這人太迂，你說是不是？現在又不是『竊書不爲偷』的時代了，怎麼能不相信科學呢，咱們中國人吃這個虧還沒吃夠嗎！」

不知那防盜裝置是幾時進口的，反正我們讀書時還沒有。那會兒四眼想搞篇奇文投稿，去圖書館借誰知道什麼版本的《紅樓夢》。磨了半天，人家只答應讓他堂看。回到寢室，他發了通狠，說雖無時遷之能，但存蔣幹之心。我便給他出了個計：倆人一塊去，他借書，我帶個大包，然後他假裝低血糖腦血栓什麼的暈倒在地，趁別人慌忙搶救，我把書盜走。「這是一個完整的作戰方案，參謀長，就這麼決定了吧。」他愣了一會，問失手的話後果如何。「還用說，輕則大過重則開除。」於是他豁然開朗，「咱不做那破學問了。天下本無事，庸人自擾之。」後來王教授搬家，四眼硬拉我去新居粉刷牆壁，王老頭爲表鼓勵，借了他一套那種本子。打開一看，蓋着圖書館的紅印，原來也是校產。

天黑了，沙發要走。我客氣一句，留他吃晚飯，他謝絕，愛人孩子都在家等着呢。「很高興認識你，眞的很高興。和你交談一陣，覺得心情舒暢多了。」

「別客氣，」我送他到門口，「沒本的生意，想舒暢儘管來找我。順便請教一下，劉柳二老是怎麼成了對烏眼鷄的？」

「據說事出五十年前，當時他們對《尚書盤庚》裏的一個『之』字的釋義起了分歧，劉老訓是，柳老訓適，先是人前人後地爭辯，後又在書上報上論駁，一發而不可收。其實兩老都沒對，按目前公認的解釋，那字是文言虛詞，沒有實義。」

「就那麼點小事？」

沙發眉頭一皺，電車軌又岔了道。「說大不大，可說小也不小，比這更小的事都曾引起過戰爭。說到底，人類的歷史不就是從夏娃聽信蛇的挑唆，偷吃伊甸園的禁果開始的嗎？你看那個『之』字，一點三曲，多像條蛇啊。」

沙發前腳走，四眼後腳就到，我想他們是商量好了要把我餓死。可是他那模樣也夠慘的，衣冠不整，眼睛裏佈滿血絲，看來有些天沒吃上好飯菜了。

我慢吞吞點起煙。「不好辦哪，事情有些麻煩。」

「怎麼能麻煩呢，」四眼火了。「你這個混蛋，不和我商量就把消息張揚出去，弄得全校都知道我吃裏扒外，把自己的導師賣了。現在你再不替我肅清流毒，讓我怎麼做人！」

「我沒想到侯兄的嘴那麼快，」我無精打彩地說。

「姓侯的是中文系第一喇叭，遠近聞名，誰不知道。你沒想到？可你想到我這幾天在學校是怎麼過的嗎？整天溜到東、溜到西，像躲動員插隊落戶似的，再這麼下去，我還不如到少林寺出家呢。不行，無論如何你得給我把文章發出去，不好辦也得辦。」

「學校有人來報社反映，說事實有出入，是你同意把文章讓老王署名的，你們師生兩個是周瑜打黃蓋，一個願打一個願挨。」

「媽媽的，從哪兒鑽出這麼個諸葛亮，」四眼瞪起鳥眼「怎麼是周瑜打黃蓋，明明鳩山請李玉和嘛。他說是請你赴宴，可你不去行嗎！」

「老兄，你當然有你的道理，但問題不在這兒。馬頭說了，你和我們報社的關係應該像被告和辯護律師那樣，你惹了事，我們替你出頭，哪怕你殺過成百人上千人，咱也管不着，可是你得把底毫無保留地亮給我們，然後由我們去吹鬍子瞪眼賭咒發誓，說你活脫是觀世音轉世，連殺鷄都不敢看，怎麼可能把個大活人給宰了呢。懂嗎，這叫互相信任，有信任才能合夥做生意。可你，剛上桌就留了一手，也太不上路了。為這事，馬頭臭罵了我一頓。」

四眼目瞪口呆，坐那兒像尊佛像。我把笑咽進肚子裏，擠出一副苦臉。說真的，我還沒看到他這麼狼狽過，大學四年，他給人的印象永遠是所向披靡，一帆風順。我說人眞是有運氣，運上來想躲都躲不過。老四眼順得簡直有點邪門，比如說逃課，明明是他拉我，可後來倒霉的準是我不是他。我倒不是怪他老兄，那些課非逃不可，讓三十歲的老傢伙拍着巴掌聽「排排坐吃果果」，凡智商不是零蛋的沒一個受得了。事情怪就怪在這兒，哪怕全班有一半人不在課堂上，老師抽查點名總拿我試刀。於是輔導員回頭就到，「你幹嗎去啦？怎麼不上課哪？」我當然不能拉四眼擋箭，「我外婆的媽病了。」「哦，你外婆有幾個媽哪？去年不已經請過幾天假，給她老人家送了終嗎？」好傢伙，記性那麼好，幹嗎不去考博士研究生，胸無大志。後面的話就帶着骨頭了，「當然囉，缺課的也不是你一個，不過你也得分析分析哪，有的同學缺課歸缺課，可考試卻門門全優啊。你呢——」這不明明借着四眼打我嘛。實事求是，四眼功課的確不錯，問題是他的態度不對頭，我始終認爲，對有些事情，人應該是不願爲而爲之，比如排隊買小菜、過馬路走横道線等等，考試也是其中之一，「臨事而懼」，孔夫子都這麼說嘛。可四眼一見考試，就興奮得直搓手，臉上冒出色迷迷的表情，好像桌上放的不是考卷，而是一盤炒蝦仁什麼的，這能說正常嗎？我好心好意，勸他去醫務室檢查一下神經，反換來白眼。

看來老夫子的話也不可盡信。董仲舒曰：「天亦有所分予，予之齒者去其角，傅其翼者兩其足」，西人則有上帝造物公平之說。按理四眼在功名上得意，情場應當失意才是。狗屁，他一處得意，處處得意，走到哪裏，都有一羣小母鷄圍着搔首弄姿。我自命相貌不俗，蠶眉蛹鼻，面如淡金，放在水滸時代，怎麼也是條擱不落地的漢子。可惜人心不古，幾年來居然就沒一只小母鷄正眼看我。咽不下這口氣，有一回我躲進帳子，竊聽老四眼和小母鷄談話，想偸師學藝，結果頓開茅塞。就是那一套，一羣不知戈多是誰的人，一個永遠等不來的人，feeling，再不就堆起惆悵的表情，望著窗外，輕輕吟咏，「記得那美好的瞬間，你出現在我的面前——」原來他把戈多操練來操練去，就爲了點化情意哪。我惡從心頭起，當場掀開帳子，果眞就出現在他的面前。一時痛快，後果可想而知。我被趕出門外，而小母鷄看四眼的目光中別多一般柔情，我那風流瀟灑的郎君，怎生消受得這市井匹夫的欺辱。嗚呼，人們對母鷄無話可說。

「不管怎麼說，黃魚，你得幫幫忙，」四眼總算回過氣來，「下星期我要作論文答辯，如果報上沒聲響，他們定以爲我虛幌一槍，其實沒人撐腰，准照著死裏打我。你總不能忘了，在學校的時候，我幫過你多少次吧？」

我嘆了口氣，「放心，我不會忘的。」說實話，四眼可眞沒少幫我，我記不淸準確次數，反正，要是沒有他，也許我現在還趴在華大的課桌後面呢。每逢考試，我一籌莫展，四眼便讓小母鷄把老師請到我們寢室來，連哄帶騙地灌迷湯，等老師走時，考題可就全留下了。四眼再做出答案，讓我分享成果，憑良心，他可從來沒打過埋伏。此外，所有選修課的考查論文也都是四眼替我寫的，他有滿滿一抽屜被刊物退回的文稿，我只需撈一把挑挑就行。他也不小氣，「物盡其用，得個優給那些勢利眼編輯瞧瞧。」可問題在於，每次幫忙前他都做足了戲。首先他要叫我苦苦哀求，而自己卻翻起鳥眼看天花板，好像是古希臘的哲學家在思考電冰箱是什麼玩意。等我話說盡了，他便開始唱，從我的智商、敏感、臭皮囊、破腦袋唱到我媽的鷄蛋和維生素。想怎麼唱就怎麼唱，我還不能爭辯，不然他會再曬我一鐘頭，把我曬成肉乾。唱完了，他才提條件，比如要我和他一塊去給王老頭粉刷牆壁，或是下次小母鷄來寢室我得自覺站到南京路去喝西北風等等。總之，每次等他答應幫忙時，我都差不多想操傢伙問他要吃餛飩還是板刀面了。

我知道，四眼是眞心想幫我，因爲他和我一樣，在這班上沒別的朋友。可他每幫我一次，就毀了我一次，讓我覺得自己是不恥於人類的狗屎堆。如果他知道這一點，我敢說，準和我一樣大傷腦筋。

六

鬧過一陣熱，山門又冷落下來。我把檄文完成了，鎖進抽屜裏，沒呈送馬頭，總覺得靜得太早，羣牛亂吼之後，該有聲天邊悶雷才是。果然，華大打來電話，中文系新當選的系主任李教授想和我聊聊，派來輛嶄新的豐田接我。我想這可能是我畢生事業的最高峰了，便用指甲刀在車座套上劃了道口子，以表到此一遊之意。

「你就是小李同學吧？」他還是那副樣子，花白頭髮，挺直的腰桿，看上去絕不像已過六十。在他面前你會感到一種無形的壓力，因爲他隨時都在顯示自己是精神上的強者，可以寬容你的幼稚，也可以訓斥你的無知，一切只憑他高興。

「你是哪一屆的？——等等，讓我想想。嗯，七七級三班？」

「是的。」我敢肯定他翻過學生花名册之類的東西，幸虧我的檔案不在學校裏了。

「那麼我還是你的老師呢，我教過你們班一級。」

「無論教過沒教過，您都是我的老師，」我學著四眼的口氣說，「不過我的確選修過您的課，《創業史》與荷馬史詩之比較。」

「是啊。你們這批學生給我留下的印象很深，我還記得你的考查論文呢，寫得很有新意，很有見解，我曾想過推薦給學報發表。」

「您過獎，」我操練起天眞無邪的笑容，「您是讓我補考了，說要依著您的本意，連補考都不想給我及格。」

他不動聲色。「有這樣的事？我怎麼不記得了。不可能吧，我……」

別忙，我暗自說，想就這麼溜了，沒那麼容易。「您說執教幾十年，從沒見過一個學生像我這樣蠢。您眞看得起我，說華大要是出《吉尼斯紀錄大全》的話，我可以算上一名了。」這門課，連四眼的字紙簍都沒幫上我的忙，儘管四眼老兄也喜歡搞些稀奇古怪的題目，去打報刊雜誌的冷門，但「《創業史》與荷馬史詩之比較」，顯然超出了他的想像力。「您還說，如果知道是誰把我收進華大的，一定給他配副三千度的近視眼鏡。讓您那麼生氣，爲此，這些年來我於心一直大大的不安。」我模仿電影裏的日本鬼子，向他深深一鞠躬。

「我眞是那麼說的？」他總算有點尷尬了，一個勁地理紋絲不亂的頭髮。「我眞的是那麼說？這可太、太有點誇大其辭了。」

我感到一種近於痛苦的快感，想笑又笑不出來，好像肚子裏裝的是硫酸，把橫隔膜腐蝕得稀哩嘩啦。

李老頭長嘆一聲，似乎在感慨往事如煙。「我們都做過不當之事，對不對？也許以後還會做，可以自慰的是，我們做的一切都是爲了工作，爲了學問，爲了中文系的榮譽。我聽說你們報社要寫一篇報導，批評系裏的某一教授。這事我也知道了，我很震驚，很憤怒，很慚愧，我已經在全系大會上說了，對這種事絕不姑息，不管他是誰，哪怕我的兄長也不行。對於報社，我們深表感謝，無論怎麼批評，都是爲了我們系的工作嘛。然而，既然是爲了工作，我們則不妨斟酌仔細，如何批評效果最好，採用什麼方式？選擇什麼時機？你說是不是？」

太是了。我心想，誰都要選擇時機，四眼也要。過了這時機，對他於事無補了。

「難哪，中文系的情況你不是不知道，老實說，在這種時刻誰願意出來當這個主任！可怎麼辦呢？百廢待舉，工作總得有人做。所以我希望你們能給我一定的時間，讓我打開局面，請注意！不是爲我，是爲了工作。我想，你也不會眼看中文系丟人現眼吧，你是我系的學生哪，你的論文——啊，啊，啊。」他在我打出噴嚏前把話岔開了，「你們馬主任是西南聯大的吧，和新聞系朱教授同過學，我已經請老朱把這個意思跟馬主任談了。」

糟糕，四眼老兄，他們結成了神聖同盟。

果然，回到報社，馬頭便來找我。

「小李，出於各方面的考慮，華大那事就不要再搞了。」

「不可惜嗎，那可是人咬狗啊？」

「人咬狗又怎麼樣，」他頗不以爲然，「從古至今，不都是人吃狗肉嗎！」

我估計著華大的哪個方向，然後朝東北揮揮手。拜拜，老四眼。達達尼昂救不了你了，你得上斷頭臺。我們都做過不當之事，對不對，你也做過。可以自慰的是，世上沒有常勝將軍，卽便拿破侖不也有他的滑鐵盧？安心地去吧，也許由於你成了殉道者，那些小母鷄會更崇拜你。說到底，你還是比我強。

七

四眼論文答辯那天，我早早趕到華大。答辯地點在教學樓的階梯教室，門口擁著一大羣人，想必都是爲四眼捨身炸碉堡的事迹所感召，前來瞻仰英姿的，然而被兩名身強力壯的青年教師擋在門外。我有李教授特許，才得以入內。

靠前的觀衆席都客滿了，只得在最高處找個空位坐下。前後左右，都有些面熟陌生，看來無一不是學問中人，男的正襟危坐，面帶肅殺之氣，女士們口嚼話梅，不時交頭接耳幾句，掩飾不住內心的興奮。講臺上放一張桌，桌後坐著主考，除四眼的指導老師王教授尚無顏見人外，系裏的實力人物全到了場，侯兄和沙發戰戰兢兢地擠在桌兩頭，可見陣容之強大。我有些替四眼擔心，今天他要做到從容就義，恐怕不太容易。

四眼進來，坐進講臺下爲他準備的專座。坐定前，他向觀衆席看看，我以爲他要找啦啦隊，忙起身向他招手，可他沒看見，或是看見了不加理睬。他神情泰然，旁若無人，這個亮相贏得在場女士們一聲輕輕而拖長的「哦」，要是許我報導，我非給用上迴腸蕩氣和餘音繞樑兩句。不過四眼這招可沒騙過我，我太熟悉他了，一見那對烏眼眨動的頻率超過了三次秒，就知道他血壓準破二百大關。當然，不由他不慌，就算出我一千塊錢，現在我也不願意跟他交換位置。四眼以前對我說過，答辯只是個形式，其目的就是要使被考的順利過關，請來的主考誰也不會找考生的麻煩。道理顯而易見，打狗還得看主人呢，跟學生過不去不就是想在指導老師臉上抹黑嗎？如果有哪方宣了戰，好吧，來而不往非禮也，以後你自己的學生答辯，可別怪別人不客氣。這有點像美蘇兩國限制核軍備談判，你要卡我的巡航導彈，我就否決你的逆火式轟炸機。主考們都是學問人，「幼吾幼以及人之幼」的聖訓還懂，於是票一段京劇武打，「兀那賊子，端的可惡，呀呀呸，受你爺爺一刀！」看上去拳拳到肉，其實相隔甚遠。老四眼怕是得不到這方便了，他現在是個沒爹沒娘的孤兒，比孤兒更慘。自己老師那邊已經把他視作仇敵，可在仇敵那邊他還是仇敵，誰都知道揍他不會壞了兩家的默契，樂得通過他揭露對手的腐敗無能。他眞是個千年難逢的好靶子，練拳腳的準備在他身上練拳腳，顯聰明的準備在他身上顯聰明，出悶氣的又要在他身上出悶氣，還有喜歡熱鬧的，看白戲的，想哭想笑、想領略一種哀艷淒絕情調的，大家都來了，把這教室擠成個古羅馬的鬥獸場。我盤算，要公開拍賣的話，這門票不出五塊大洋弄不到手。

一聲驚堂木，答辯開始，主攻手是張教授和趙教授。看來四眼雖已背叛師門，可李教授倒還念著叔侄情分，不願親手了結他。頭幾個回合，四眼操練得不錯，防守嚴密，還抽空回記冷拳，逼得教授倒退幾步。觀眾席裏，有人暗暗讚嘆，有人公開咬牙，我則深深佩服起四

眼來，大家都知道他要死，非死不可，主考知道，我知道，他自己也知道，這場較量還沒開始就已經結束了。要換了我，絕對溜之大吉，跑片未到，讓他們白高興一場。可他卻來了，儘管腳骨顫得像吉他弦，仍然挺出沒有肌肉的胸膛。就衝著他這般勇氣，我得為他喝聲彩。

漸漸地，四眼招架不住了。再堅固的工事，也難經輪番的地毯式轟炸呀。他反應開始遲鈍，說話吞吞吐吐，語無倫次，奇怪的是，回答前還老望著李教授。我簡直弄不懂，難道在這時刻他還指望李老頭拉一把，他老娘到底吃過維生素嗎！果然，李老頭視若無睹，只顧理自己的頭髮，而靠邊的侯兄和沙發卻先後加入戰陣，羞羞答答向四眼身上招呼起來。四眼左推右擋，無法抵抗，他垮了，完全垮了。場上一片歡騰，男士們哈哈大笑，女士們露出鄙夷之色，原來也是個草包，那麼不經打。我不忍再看下去，這哪還是比賽啊，明明是屠殺。

主考們數到十，把驚堂木敲定。全場蕭靜。四眼站起，不向任何人看，走出門去。在他前面，人羣刷地向兩邊分開，讓出條道來，那景象好似摩西過紅海。我想衝到他身邊，但路被塞住了，大家都往前擁，爭著看他的死相。我心裏有點難過，他不該受到這般對待，畢竟是別人偷了他的論文，而不是他偷別人的。無論如何，他不該受到這樣的對待，儘管他確實傲慢無禮，儘管他確實可惡可恨……

夜空劈起一道閃電，黑暗中的物體浮凸出輪廓，我突然明白了兩件事。第一是我恨四眼，原來我一直在恨他。就像老煙槍把尼古丁一口口吞進肚，在肺葉裏沉積成黑點一樣，這些年來，我把對他的恨一滴滴積在心頭，凝聚出一顆能醉倒大象的藥丸，也許正因爲如此，我才把消息捅給了侯喇叭。是的，我恨他，當班上所有人都以爲黃魚和四眼是焦孟不離的好朋友時，我卻默默地，悠悠地，廻腸蕩氣地恨著他。

第二件事，是我不再恨他了。我決心要愛他，愛他的小聰明，愛他的勇氣，愛他的牛皮哄哄，也愛他的鳥眼和口臭，也許我本來就愛他。我不能讓他就這麼倒下，我得拔刀相助，哪怕自己兩肋插刀。

我順著南京路，去寢室找四眼，邊走邊考慮能做些什麼。文章一定得發，不見報沒法給老四眼平反。但馬頭那裏是絕對通不過了，怎麼辦呢？也許……可以在對面動動腦筋？對，我高興起來，讓小姑娘替我去發。當然，不能說這是被馬頭槍斃了的，得設個圈套叫她鑽，讓她以爲是我組織的重頭稿，無意中漏了風，這樣，她會不加思索，拼命搶前。等這報導見了日報，不僅四眼有救，我或許也能得件禮物。如果稿子受好評，我們主編準會內火上升，然後我擊鼓喊寃，讓馬頭挨四十軍棍；如果稿子得罪了得罪不起的人，就活該小姑娘倒霉，罰她去坐冷凳，拆半年羣眾來信，讓她知道背信棄義的人沒有好下場。這主意眞妙，是不是，四眼老兄？有時候破腦袋倒也是個金不換呢。

路旁有人抱著棵梧桐樹，我走上去。

「嘿，四眼，你在這兒幹什麼？這是樹，不是人哪。」

「滾開，臭黃魚。我丟了臉，你心裏高興了吧！」

「我高興什麼，我正要去宿舍找你呢。」

「你還要幹什麼？想落井下石？要不是你和該死的李教授，我怎麼會落到今天這地步！」他朝我啐了口唾沫，但中氣不足，落在自己門襟上。

「這事跟李老兒有什麼關係？」

「怎麼沒關係！」他拖著哭腔說，「王老頭對我多好，他要當系主任，得發些有分量的文章服人，叫我把怡紅夜宴讓他，他保證給我出國名額。這叫君子協定。要不是李老兒把我灌醉，套出底細，又趁我不省人事，唆使我跟老王翻臉，說他一定給我撐腰，再怎麼我也不會去找你這個混蛋。唉，你們姓李的，眞把我害苦囉。」

「原來是這樣。放心吧，咱們跟他纏上了。走，先回寢室商量商量。」我去拉他的手臂。他想打我，但胳臂軟綿綿的，沒有三兩力氣。

「別碰我，臭黃魚。我操你的媽。」

「好吧好吧，我們操他的媽。」我扶他走，他像條水蛇似的扭來扭去，邁起卓別林的步子。我說，「別動，你看前面誰來了。這班從沒挨過爹娘打罵的小母鷄，個個心像煤球，根本不理解男人也有哭哭啼啼的時候，咱可不能在她們面前認栽。嘿，挺起腰，讓她們看看，我們是正宗男子漢，頭頂開磚，背枕釘板，走起路來兩卵蛋碰得叮噹響。」

我知道我打中痛點了。他的膝蓋裏像是插進條鐵棒，一下挺得直直。他搭在我肩上，呵呵地大聲傻笑，裝著全無所謂的樣子。只是等小母鷄走過，立刻又軟癱下來，把我當成了那棵梧桐樹。

我看到了那間曾棲身四年的寢室。我們離開後，四眼仍然留在那裏，沒挪地方。從這點看，他老兄倒還有點戀舊。我忍不住想笑，那時，來找四眼的小母鷄都把這屋叫成狗窩，這話今天眞應驗了。被咬傷的小狗，拖著後腿，夾起尾巴，逃進自己的窩，一夜嗚嗚地哀鳴，舔著創口，第二天，又從那窩裏探出頭去，翻起嘴唇，亮出雪白的尖牙。

進門時，有個念頭不知怎麼鑽進我腦袋。要是將來能有些小權，我一定要在這門上安塊銘牌，銅的鐵的大理石的三夾板的都行，上面寫：四眼與黃魚，曾操練於此，並於此再度攜手，繼續操練。

屋頂上的青草

這故事是被一把火燒出來的。也許你覺得有些聳人聽聞，一把火燒出個故事？要說燒一鍋湯麵什麼的……你有所不知，在我們這個三四十戶人家的小村子裏，哪家死了隻鷄都能上頭版頭條，失火可就是天大的事了。何況五保戶老陳家起的那火還不同一般，村裏上年紀人說，萬事還有個因緣結果，什麼風水地勢啊上代作惡啦下輩忤逆啦，可老陳一個絕戶，再有什麼罪過也抵上了，又從沒招誰惹誰的，天火怎麼就落到他頭上了呢？所以大夥都說，這事來得有些蹊蹺。

不過也不是所有的人都同意這觀點，蟹兄就不，他咬定早就看見老陳家煙囪漏火，而且不止一次，就像煙筒管子上拴了塊紅布似的，迎風一晃一晃。隊長有些生氣，問他怎麼不早說，蟹兄卻反駁道：「我怎麼知道那能燒着屋頂呢！你擡頭望望我們屋那煙囪，不也老漏着火嗎？」

說眞的，如果祝融氏的黑名單上也列着候補的話，無疑就是這些上海知靑的屋了。不信你往村口一站，看看各家的屋頂，不用問，誰個窮？誰個富？誰個會不會過日子？絕對一目了然。窮人家屋頂掞的是稻草麥穰子；富人家掞的是從大洪山買來的紅草；再富一些的在檐口鋪一溜靑瓦；會過日子的呢，麥穰的脊，紅草的檐口。但不管貧富，檐口都鍘得齊齊嶄薪，頂面平得像鏡子，看着舒服，雨水還存不住。你再看上海學生那屋吧，不知經歷了多少朝代似的，麥穰被雨洗得刷白，檐口漚得發黑，頂面坑坑洼洼，像條放羊的小道，哪陣風吹了些草籽落上頭，於是又養出些青草。還有那煙囱，歪歪斜斜的，好像就要掉地了，卻又沒掉，你眞保不了哪天它會帶着一團火跌下來。

另外還有個因素得記在帳上。失火那天奇熱，熱得淌油。鄉下沒有溫度計，這麼說吧，只要往日頭底下站上半秒鐘，你便能聽到嗤一聲，汗水直接從毛孔裏蒸發上天了，連個鹽漬都沒在你身上留下。初中物理課本上說的燃燒兩大要素，氧氣和溫度，這可都全了，還不起火嗎？奇怪的是，那書上沒提到前因後果什麼的。不過我們有言在先：「初中物理課本」，那是娃娃們看的，大人老人的事，那上面多半不會寫。

因爲天熱，那天下午出工特別晚。在長青草的屋頂下面，有幾個人從夢鄉那邊回來了。四眼在床上打了個滾，把臉甩向南面，想從當門口那一方塊太陽光的邊長推算出時鐘的走向；博士在心臟那位置上壓了本書，閉着眼念念有詞；蟹兄正在看信；林肯已經起床；自然他們那時都沒料到失火的事，只想着如何捱過這天剩下的一半。隔着兩堵土牆，隊長在自己的家院裏伸着懶腰，接着是驚天動地一個哈欠，意味着他已經準備把鋤頭扛上肩，把出工的哨子塞進嘴裏，這就使午睡的最後一刻來得更滋味悠長。

哨聲劃破長空時，蟹兄和博士各自說了一段話，只是他們說的與失火似乎沒有必然的聯繫。博士好像唸的是首詩：「生平喜攤書，垂老如昔狂，日中就南牖，日斜就西窗。」蟹兄說的是：「現在，像我們這種插兄，誰要在上海有個女朋友，不管她有沒有工作，這個人，頗偉大啊！」對前者，四眼和林肯一致嗤之以鼻，對蟹兄那番演說，另外三位則面面相覷，頗有些摸不着頭腦。隊長扛着鋤頭從門口過去，於是他們也戀戀不捨地出了屋。村裏上年紀人要眞有經驗的話，那時陽光裏應該已經有一種焦糊味。

他們開始在一塊田裏鋤玉米，鋤到一半時隊長吩咐去些人到崗上鋤高粱。四眼和蟹兄拄着鋤把沒動，博士和林肯去了。他們倆原可以不去，蟹兄和四眼也完全可能去的，可命運在這裏作了手腳，偏偏就是這兩個上崗，而那兩個留下，於是這故事的正角便歷史性地落到了蟹兄的頭上。林肯和博士越走離那間注定要被燒掉的房子越遠，當然他們自己並不知道，還嚴肅萬分地討論蟹兄出的啞謎。

「你說蟹兄那話是什麼意思？我好像已經聽他說過幾遍了。」博士問。

「不知道，」林肯說，「不過你注意了沒有，蟹兄每次都是在接到上海來信時才說這話的。」

如果條件允許繼續探討，他們可能很快就會使眞相大白，水落石出，然而那樣，我們的故事也就說不下去了。他們正苦思冥想，忽聽崗下一片喧嘩。他們向村口望去，便看到老五保屋頂上那點朦朧的、忽隱忽現的、近於透明的紅色。那時，反應快的小伙子已經撒腿下了崗，林肯和博士也跟着跑去。

誰有幸看到過上海文化廣場或北京百貨商店大火，或者更有幸看到過長沙大火，無疑會對我們的故事深感失望了。老五保那屋孤零零座落在村西頭，攏共不過一間，就算那土坯子牆都能點着，怕也躥不起丈把高的火苗。但這並不是說奮勇救火的鄉親們捨身精神因此比別人少些，絕對不是。大火炙，小火煨，一樣地要人命。所以，當蟹兄衝進老五保屋裏，至少有幾秒鐘他肯定把自己的生死置於度外，就像《新皖東報》後來描述的「烈焰熊熊，濃煙滾滾，貧農陳大爺生命受到威脅。在這生死關頭，他想到了黃繼光、邱少雲，想到了歐陽海、雷鋒，火光就是命令，他搶在鄉親們前面，像一隻矯健的雄鷹，撲向烈火……」。

這裏有一個問題，究竟是誰第一個跳入火場。博士和林肯提到時，那一幕已經過去了，四眼雖像根木樁那樣釘在屋外，可也說不出個所以然。鄉親們更是眾口紛紜，有的說是蟹兄，有的說是隊長。不過這也並非太重要，反正老五保是蟹兄和隊長一人扶一胳膊架出來的，這情景大夥有目共睹。

蟹兄把老陳架出屋後，又一次衝進火海，搶救出一條破棉被。與此同時，鄉親們也把屋裏所有値點錢的東西弄出來了。說實在的，那屋裏也沒什麼値錢的，要不然老陳還能當五保嗎？報紙上說，等蟹兄前脚出屋，一根燃燒着的大樑後脚掉下來。把地上砸出個磨盤大的坑。當然那坑最多就小斗大，前後脚也沒咬得那麼緊。崗上下來的人趕到，搶救工作業已完成，他們又看着火燒了六七分鐘，才聽咔嚓一聲，燒斷的大樑掉了地。可就這，也沒人問什麼。寫成了文章，還不得添點油加點醋嗎？大夥全能理會。你眞別說，鄉裏人識字不多，見識可還不少。

火熄了，除老五保坐地上呼天搶地樣哭，別人都鬆了口氣。還好，沒出人命，一間屋嘛，滿打滿算也就兩千斤草，樑棒還不是什麼松木杉木的正料，找棵歪脖子洋槐樹就能對付上。所以隊長心裏很是痛快，高高興興放了那半天的假，這事似乎就這麼結束了。

他們回到家，有功之臣蟹兄換上游泳褲，到村前的大塘去洗澡。四眼博士林肯和麵攤餅燒鍋準備晚飯。在灶火邊發生了一場口角，起因是林肯逼問四眼爲什麼不去救火。

「屋裏人夠多的了，」四眼說，「我去只能添亂。」

「這不成其爲理由。」林肯說。

「我不能去。我思故我在，我行動則我死亡。」四眼又說。

「那是丹麥王子哪，又不是你四眼。」博士說。

四眼勃然大怒：「你們怎麼啦，好像恨不得我葬身火海才好。我知道你們要我說什麼，好，我承認我害怕，你們該滿意了吧。可我告訴你，我一點都不怕，我心裏明白得很，只是在那陣，腿不知怎的就擡不起來了。」

這是一個小插曲，另外還有一個。隊長蹲在他們門檻上吸了袋煙，等過足了癮，磕出煙鍋裏的灰末，才透出了心迹。他是代表村裏的小鬼婦道來提意見的。蟹兄套着那游泳褲不知羞地現世，把塘邊洗洗涮涮的小鬼們嚇得捂上臉怪叫。「咱農村不興那樣，你看看他那條褲頭，嘴罩子大點個，連毛都遮不住。」

兩堵牆那邊，隊長娘子扯開嗓門喊缸裏沒水，隊長匆匆走了，留下不少疑點。比如，小鬼們究竟是叫還是在笑？是嚇得丟開手裏的活計逃走，還是仍然留在塘邊？是捂着臉又閉起眼，還是捂着臉從指縫裏往外看？這些雖然值得懷疑，但都不得而知了。不過這無關緊要，我們提起這插曲，只是要證明村裏人那時並沒把蟹兒當英雄看，也沒有因爲他的勇敢就赦免了他的無恥。也許隊長有權這麼做？畢竟他們倆幾乎是同時衝進火海的。總之到那天晚上，除了隊長還惦記着留幾千斤草給老五保蓋房，村裏所有人，包括蟹兒自己，都已經把下午那場火丟到了腦後。

這事眞可能就那麼了結了呢，要不是隊長家在公社中學唸書的小栓柱子，由於找不到更好的題材，把這事寫進了他的作文；要不是栓柱那個一心想去當作家的老師把作文改頭換面搞了篇廣播稿；要不是公社廣播站多事，把稿子寄到了縣裏；要不是稿子到達縣廣播站時，地區《新皖東報》的某位記者因爲公務在身或者探親訪友或者走累了歇歇腳，總而言之天曉得爲了什麼，反正他碰巧就在那裏，而且看到了這篇稿子，要不是這一切，事情一定就那麼了結了。現在，當你知道一個人的政治軍事經濟文化藝術等等等等方面的功績和才能，要不是那麼多的「要不是」差點就被埋沒，而另外一些人的等等等等方面的什麼因爲沒遇上那許多「要不是」就此被埋沒時，你想不想發一聲長長的感嘆呢？

然而從那時開始，偶然性退居二線了。《新皖東報》的記者看了稿子以後，他敏銳的洞察力立刻像X光那樣透析出這新聞的潛在價値。他拋開了使他來到縣廣播站的天曉得什麼原因，趕上下午最後一班汽車，在公社那個黑洞洞的旅店裏蜷縮一夜。第二天他找到公社播音員，通過播音員找到中學老師，又通過老師找到栓柱子。第三天他親自下了小隊。不用說，消息頭一天就由栓柱走小路帶回了家，在全村引起了強烈的震動。地區有記者要來採訪，記——者，來採——訪，什麼？鄉親們交頭接耳議論紛紛，這是從來沒有過的事。村裏年歲最老的劉大爺能追溯到光緒三十年，那以前的事誰也不知道，反正從那以後就沒這種人來過村裏，即使三年災害那陣，全村餓死了五十多口子，都沒人來過。於是上年紀人理直氣壯地說：「這不，我說那把火燒得蹊蹺吧，瞧着，沒準要出大事哪。」

隊長叼着煙袋蹲在學生的門檻上，心煩意亂，「這下怎麼好，你們快拿個主意吧。」一你沒聽到小栓柱子對他爹說的話，自然不理會隊長的苦惱。記者告訴栓柱，上海知青冒火救人在地區還是頭一次，他要給蟹兒寫篇報導，爲此要採訪蟹兒，採訪老陳，還要跟全體知青、隊長、支書和貧協代表座談。你會說座談又怎麼啦？但在這個村裏，隊長就是支書，支書就是貧協代表，總而言之，他們是一個人，就是栓柱他爹。隊長不知道記者是多大的官銜，他也不怕那人會拿了他的支書和代表，除了幾天開會工，沒一點油水，他擔心的只是一張笨嘴怎麼能吐夠三個人的話。

按理說這種事本沒法解決，可你得知道這些上海學生的脾氣，他們是從來不在困難面前認熊的。「這麼辦，」四眼說，「反正我面相見老，我替你當貧協代表吧。」

他說到做到，眞這麼幹了。隊長從家裏拿來件大白褂，四眼穿上，換了雙小口鞋，摘下眼鏡，林肯在他鼻樑邊的紅窩窩上抹了點爐灰。博士說正好，睫毛眨巴眨巴的，像害了二十年的痲雀眼。蟹兄還嫌不夠味，找來條四一四毛巾要給他圍頭。四眼堅決不幹，「那不成了永貴大叔了？」他說。

第二天記者進了村，隊裏鬧得像誰家娶媳婦。光屁股娃娃從村口叫着嚷着把他送進學生屋，大人又裏外三層把門堵個密不透風。蟹兄博士林肯坐到床上，把僅有的三條板櫈讓給記者隊長和貧協代表。有幾個膽大的小青年，湊到記者身邊，目不轉睛地盯着他的筆記本，還伸手捏捏他衣服的料子。任是他見多識廣，到這地頭也難免坐立不安。後來隊長和代表商量了一下，乾脆關上門，把人攆下地去。其實他們關門那會兒，鄉親們也都膩味了，「這就是記者哪，」屋裏人聽得門外說，「怎麼跟學校那班老師一個窮酸樣。他會唱墜子嗎？」

記者會不會唱墜子我們不清楚，不過他倒是挺能說的。那天的話基本讓他和貧協代表（你當然明白那就是四眼）包了，一個上半場，一個下半場，隊長和知青只勉強迂廻穿插了幾句。記者的開場白這裏就不再贅述，因爲他說什麼大家能想到，四眼的話我們也不打算傳達，那些話在當年的兩報一刊社論裏都有，我們要披露的是他們散會前的幾句閒談，根據老經驗茶要喝到這時才能喝出點味來。

「今天就談到這兒吧，大致情況我都知道了。」記者合上了筆記本，「只是我覺得材料還太一般了些。怎麼說呢，總之，缺乏一種感人肺腑的力量，缺乏奇蹟啊。」

「奇蹟？」四眼說，「俺在這村活了三、三、三十年，光救火看了不下百次，從來也沒碰到什麼奇蹟。」

「我是說當他，」記者指着蟹兄，「第二次衝進火海，卻抱出床破棉被來，這不讓人掃興嗎？要是抱出雄文四卷，或者一張主席寶像，那形像就閃光多了。」

「可我實在只抱條被子啊。再說，老陳屋裏也沒貼寶像。」蟹兄分辯道。

這時，我們發現了作爲記者和知青的區別，發現了一個有自覺性的有頭腦的人是如何考慮問題的。

「不要老是我啊我的，同志，」記者笑着說，「我們並不想宣傳你個人，個人有什麼？一切成績都歸功於黨和人民。報導你是爲了樹立榜樣，讓廣大知識青年學習，榜樣的力量是無窮的。現在你想通了嗎？是要人學習你搶出條棉被呢？還是要人學習你對主席的一片忠心？你考慮一下，然後寫一份小結，明天交給我，好嗎？」

那晚上，如果你貿貿然走進上海學生那屋，沒準會以爲他們正開民主生活會呢。四眼操着紙筆坐在油燈前，蟹兄眼巴巴站在他身邊，林肯和博士都已經上床，雖然姿態不夠嚴肅，但發表意見卻不含糊。

「喂，對記者的建議是投贊成票還是反對票？」四眼問。

「反對，那傢伙簡直是個江湖騙子。」林肯說得堅定。

「反對也好，不然別人會說我吹牛砍空。」蟹兄有些猶豫。

「不過有道是大人者言不必信，行不必果啊。」博士說。

「那末有什麼寫什麼嗎？」四眼再問。

「當然，實事求是嘛。」林肯依然堅決。

「可那樣他會不會不報導了？」蟹兄還是有些猶豫。

「非禮勿視，非禮勿爲，管他報導不報導呢。」博士說。

「我來個折衷方案吧。」四眼拿起稿紙，「聽好了：我把五保戶陳大爺扶出屋後，立刻想起了主席寶像。絕不能把光輝形象留在火裏，於是我熱血沸騰，再一次衝進火海。濃煙刺得淚水直流，火舌向我捲來，但一顆忠心激勵我奮勇向前。我摸到牆邊，擡頭一看，頓時壓在心頭的石頭掉了地——牆上沒有寶像！於是我便抱起一床棉被衝出屋去。」四眼得意洋洋地看着另三位，「怎麼樣，稍微有點虎頭蛇尾？可靈活多了吧？」

「這行嗎？」蟹兄又猶豫了。

「有什麼不行的，我問你，如果那時眞有張寶像在火裏，你會不會順手把它帶出來？」

「大概會吧。」

「怎麼拖泥帶水的，痛快點，到底是會還是不會？」

「多半會的。」

「那就得了。」

於是他們把折衷方案交給了記者。於是我們又一次得到證明，上海學生的確沒有向困難低頭的習慣。

記者回地區以後，好多天音訊全無，再加上整天荷着鋤在玉米高粱地裏鑽，村裏人又把這事給淡忘了。可蟹兄沒忘，畢竟是親身經歷，與旁觀的道聽途說的感覺不同，他一封封地往上海發信，給親友講述自己的事蹟，博士看到他邊寫邊參考四眼捉刀的小結。

有一天，四眼他們讓蟹兄吃了一驚。他剛寫完一封信，在灶頭上拾了幾顆飯粒粘上口。你也知道，有些人幹完手頭的活計總想長長地吐口氣，好比隊長在剃頭時會閉眼哼幾句泗洲戲那樣，於是蟹兄說，「現在，像我們這種插兄，誰要在上海有個女朋友——」

「不管她有沒有工作，」四眼猛地插進，林肯接上去，「這個人，」「偉大啊！」博士搖頭晃腦地加上最後的驚嘆號。

蟹兄嘴還張在「女朋友」那詞上，眼眨巴眨巴的，看得出，他眞是吃驚了。

出工時，林肯問四眼蟹兄話裏的潛臺詞是什麼。「小葱拌豆腐一淸二白，」四眼說，「『像我們這種插兄，誰要在上海有女朋友』，就是說他在上海有個女朋友。『不管她有沒有工作』，就是說那女的沒工作，在家吃閒飯呢，總之他覺得自己偉大得不得了。哼，這小子的心思還瞞得過我?!」

四眼本可以把這小子的心思分析得更透徹些，也許他是想那麼幹的，可就在這時，有人叫喊着沿小路跑來。那是栓柱子，他跑得像隻野兎，一手把書包緊按在胯邊，一手揮舞着一卷——等等，啊，報紙。要是你看到他那副模樣，你準會想起那首以「啦啦啦」開頭的歌。

不用說，大夥已經猜到那報上寫着什麼了。四眼奪過一張打開，在頭一版，紅色的通欄標題，《烈火熊熊見忠心——記一位捨身搶救貧下中農的上海知識青年》。嘿，別看正文，光這顏色就夠紅火的嘍。

報導內容和四眼的初稿大同小異，準確地說，前頭大半都一樣，只是結果有些不同。熱血沸騰……衝進火海……淚水直流……一顆忠心……那上面都有，僅僅把第一人稱變成了第三人稱，然而在奮勇向前之後出現了分歧。報上說：「他摸到牆邊，小心翼翼地捧下了寶像，塞進衣服裏，緊貼在熱呼呼的心坎上，然後轉過身，高呼着萬壽無疆，向屋外衝去。」是啊，不是東風壓倒西風，就是西風壓倒東風，折衷的道路是沒有的，四眼怎麼就不明白這個道理呢？這時你再看看他們的表情吧，博士摸着頭皮，林肯呸了一聲，四眼瞠目結舌，而我們的英雄蟹兄呢，一屁股坐在泥地上，就像有誰在他腿彎裏踹了一腳。

蟹兄準是怕鄉親們罵他吹死牛，那會兒連頭也不敢擡。哪來的事，我們不是說了嗎，鄉裏人見識多着呢，沒人會說一句不中聽的話。吃過晚飯，隊長拿着報紙蹲到他們的門檻上，蟹兄又發了心虛病，溜身躲進帳子。其實他錯了，隊長是求學生把報上凡提到他的地方都用紅筆劃出來，他不識字，不知哪兒說的是自己。林肯拿起筆，發現要劃的地方眞還不少，蟹兒的成績自然離不開貧下中農再教育，說到貧下中農，怎麼能不提支書隊長和貧協代表呢。四眼問隊長幹嗎不叫栓柱子劃，隊長把煙鍋狠磕一陣，嘴裏罵罵咧咧，「這小狗日的，吃過飯就沒見影。」事實上倒也難怪小栓柱，你想想，就鋤地到吃飯這工夫，他爹已經讓他把報紙足足唸了有二十遍。

自打那以後，我們村出了兩個名人。一個是隊長，他把那張劃紅道道的報紙揣在褲兜裏，和寶貝煙袋，屋門鑰匙放一塊，走到哪帶到哪，遇上公社大隊的幹部，親友熟人，以至走東串西的貨郎擔，他便把報紙拿將出來，讓人唸那些劃過的字句，自己呢，不聲不響蹲一旁，臉上掛笑，美美地吸着煙。

另一個自然是蟹兒。大隊民辦小學請他做了次報告，公社中學也請他做報告，公社召開全社知青大會，專門讓他上主席臺講用。你看看坐上主席臺的他吧，神態自若，口似懸河，哪還有一點心虛的痕跡。沒過多久，縣裏開上山下鄉知識青年積極分子代表大會，蟹兒作爲當然代表，趾高氣昂赴會去了。

立了秋，鋤把丟。隊長總算能騰出手給老五保蓋屋了。說起來，這也不是難事，四面牆都好好的，經過一次火，沒準烤得更堅實了，只要再打一些土坯，重疊起山牆，架上屋樑籬笆，掞上草就成。蓋屋算技術活，往常從不要上海學生插手，可這回隊長把四眼博士林肯都叫上，讓他們遞個草把鐵鍬什麼的。興許這也是由於蟹兒救火的緣故。

那期間隊長上公社去了一次，不知是參加公社三級幹部會？黨委擴大會？還是貧協代表大會？反正開會就是了。當然他肯定沒把《新皖東報》落下。我們也可以肯定，眼下那份報紙已經磨得裏外起毛，邊角殘缺，特別是劃着紅杠的地方，多半連字跡也看不清了，可這又有什麼關係呢，那些段落已經刻在了隊長的心坎上，只要看到你手指的方向，他就能把那兒的空白唸出來。不過我們現在關心的還不是這些，而是散會時他從郵局給學生帶回的幾封信。

博士和林肯各有一封，四眼沒收到信，他手裏拿着的是蟹兒的。他先看正面，又看看反面，接着再翻到正面，放在離眼睛不到兩寸的地方，眯起一隻眼觀察，然後他走到屋外，把信高舉起對着太陽，慢慢地搖晃。瞧他那模樣，就像哪個銀行職員在檢查假鈔票。

「你發現什麼了？」博士問。

「你看，」四眼把信遞給博士，「現在，像我們這種插兄，誰要在上海有個女朋友——」

「不管她有沒有工作？」博士滿臉狐疑，「你怎麼知道是她的信，這信封上只寫着『內詳』啊？」

「敢打賭，我們當場拆開信看看。」

「拆蟹兄的私信，那不好吧？」博士說。

「喂，四眼，可不能幹這種事，你要眞拆，我一定告訴蟹兄。」林肯也說。

你知道什麼叫鬥私批修嗎？你體會過那種精神活動的複雜和痛苦嗎？你看看四眼吧，他眼睛裏佈滿血絲，死死盯着那信，下腭神經質地抽搐着，腮幫突出一塊棗子大的肉，額頭上一滴滴滲出汗珠。你看着他，你會想起一頭圍着誘餌轉悠的餓狼，正在絕望地和自己的欲念搏鬥，你也許還會感到這種努力是徒勞的，因此，當最後四眼嚎叫一聲，從博士手裏奪過那封信時，你一定會覺得鬆了口氣。四眼叫的是，「去他的吧，要是連好奇心都沒有，人還能算人嗎？」

一般地說，要不留痕跡地拆開一封信也不是容易的事，但我們不能用一般的標準來看待四眼，他本來就不是一般人呀，根據他對自己的歸納，他應該屬於那種下流之輩。他輕輕在封口角上弄出條縫，塞了根細竹筷進去，然後他轉動着筷子，轉啊轉啊，直到信紙緊緊捲在竹筷上，隨筷子一塊被抽出信殼。很明顯，等一下他會以同樣的手法相反的程序把信紙送回原處。於是我們不得不承認，只要有信心、有耐心、有冷靜的頭腦和靈巧的手指，世上的確沒有什麼辦不到的事。

四眼一邊看信，一邊吹起口哨，表情就像大海一樣平靜，而他剛經歷過的那種騷動不安卻在博士身上重演了。博士摩拳擦掌，頭頸伸得仙鶴般長，「算了吧，蟹兄會生氣的。你還看哪！喂，信上到底說些什麼？你快讀出來聽聽！」

「你自己看吧。」四眼說。

博士看了一眼就叫起來，「我說你胡扯吧，明明寫着親愛的哥哥，是蟹兄妹妹的信。」

「你啊，連談情說愛最起碼的規則都不懂。」四眼不無惋惜地說。

博士全神貫注地讀信，口裏還唸唸有詞，「噢，眞是這樣……這什麼意思，什麼叫你還吃不吃我？」看到末尾一段，他握信的手突然垂下了，一臉若有所失的神情，「怎麼，她要和蟹兄吹了?!」

「甩了個揺兄，談上個上海工人，她可不虧本，」四眼不動聲色，「只是世上又多了齣俗不可耐的愛情悲劇。」

林肯終於背棄了他的正義感，一頭栽到那頁薄紙上去了。那後來氣氛便有些沉悶，三個人無精打彩，似乎為蟹兄，也許還為所有「像我們這種搖兄」而悲哀。晚上他們可能都沒睡好，因為第二天起床，四眼罵博士一夜翻騰得床響，博士怪林肯老說夢話，林肯又說四眼膀胱有毛病，總起了有八次夜。失眠的結果，他們決定一塊進縣城，吃幾餐縣積代會的會議菜，補充些營養。

那年頭知青中流傳一句話，叫一人開會，鷄犬吃飯。大凡開會，吃飯總不要錢。菜呢？憑餐券領，十人一桌，所以只要同桌的願意忍嘴待客，多幾人吃飯是毫無問題的。什麼，願意嗎？當然願意嘍，都是天涯淪落人嘛。

蟹兄見了他們眞是挺高興的，吹噓說他在會上是如何如何地出風頭，有多少雙女同胞的眼睛看着他，又說縣領導也和他握了手，表示要派他去省裏開省積代會，還要推薦他上大學等等。這裏，我們就不談蟹兄的得意，也不描繪博士聽到大學這字眼時兩眼冒出的那種碧綠的顏色。別忘了，我們的主人公是來吃會議餐的，還是讓他們先去食堂吧。

四眼目光如炬，打量着一張張飯桌。這鷄犬吃飯的學問大着呢，不僅要吃，而且要吃得好，不然怎麼能達到補充營養的目的？根據我們的體會，最好的選擇是擠在女知青桌上。你知道那些上海小姑娘在男同胞的面前是何等的文雅，他們會只盛上一小碗飯，偶爾，非常偶爾夾一筷菜，然後帶有一種簡直是憎惡的表情對付食物。等到碗底還有一些剩餘時，她們就說飽了，也許還會擡起眼睛，驚奇地感嘆，「眞的，不知怎麼搞的，一點也不想吃。」自然我們多半是以小人之心度君子之腹，很可能她們只是不忍讓男同學們敗興而歸，寧可餓着自己。如果眞是這樣，那這些纖巧文弱的上海小姑娘身上，閃耀着的就是偉大母性和愛情的光輝了。

條條大路通羅馬，四眼的抉擇與我們不約而同，只是他更懂得禮貌，不願白受人的恩惠。他吃了別人的炒肉絲，卻報以自己的智慧。於是那桌上不斷響起歡聲笑語。「你可以想像到姑娘們掩着嘴樂的模樣是多麼可愛，不用說這時她們就更無暇顧及夾菜了。這本來很正常也很正確，問題在於，四眼把蟹兄救人的事拿來作了話題，所以蟹兄覺得一點都不可笑。他向四眼瞥了一眼，我們發覺這眼光中蘊含着一個自尊心受到傷害的男子漢的默默的痛苦，而且這痛苦的意味似乎還是雙重的。從這件事裏我們引出一個深刻的教訓，永遠不要當着女性的面取笑一個男人。

不幸的是，四眼並沒有接受教訓，晚飯桌上他又重彈起老調來。蟹兄丟下飯碗，把四眼拉到角落裏，板起臉說：「講話得有點分寸，懂嗎？不是所有的事都好開玩笑的。」

「啊，你是指救像嗎？」四眼那時還沒有認眞起來，「你不至於也以爲那報上說的是眞話吧？」

「那屋裏沒主席像可不能怪我呀，我不是已經冒火衝進去了嗎？他老陳沒貼像，那能怪我嗎？要貼着，我還不把它請出來了？按理說，哪家都該有主席像，所以按理說，報上那話也就算是眞的了。」

四眼腦袋一顫，眼鏡差點砸地上，就這樣呆站了一分多鐘，足見他內心的震動。後來他轉身往外走，走了兩步又折回，掏出封信甩在蟹兄面前，然後他眞是義無反顧地走了。博士和林肯來回交換了幾眼，結果林肯尾隨四眼而去，博士留在蟹兄身邊。到這時我們還說不出是誰的損失，他們三人此行，除了補充營養之外，原可能還有其他的目的，但四眼這一走，那目的能否實現就難說了。

我們不知道蟹兄看過那信都有些什麼感想，以後的事我們是聽博士說的。那晚上蟹兄不顧博士勸阻去了鎭上的飯館，又不顧博士的勸阻喝了好些酒。邊上一桌有幾個別的公社的上海知青，爲了一件小事，蟹兄與他們爭執起來，爭到最後，雙方在各自臉上添了些黑眼圈和紅疙瘩，還順手料理了若干碗碟。飯店的頭頭顯然沒多少同情心或者幽默感，把民兵找了來，這下交戰雙方都落入網中。蟹兄因為是積代會代表，被交保開釋，在縣知青辦受了半小時的訓斥。還好，這事就算了結。可從那以後，去省裏開會，推薦上大學什麼的，也就泥牛入海，再無消息。

你難道不為蟹兄惋惜嗎？你難道不認為他那麼做太不値當了嗎？全省上山下鄉積極分子，未來的大學生（那年頭的大學生可不比現在），這是多麼光輝燦爛的前景啊，怎麼能為了一個女朋友毁了這一切？何況有了這一切，又何愁找不到女朋友？你說得在情在理完全正確，然而蟹兄卻不能理會。所以我們只能認為又是命運在這裏做了手腳，要不則像四眼說的那樣，這都是性格決定的。就在蟹兄灰溜溜回隊的那晚，四眼高屋建瓴地發表了這番性格決定論。

「人的性格大致可分為三種，」四眼說，「打個比方吧，一類叫太監，一類叫色鬼，另一類叫下流坯，就是說它把欲望升華到了理論的高度。我是下流坯，所以對行動不感興趣，除非行動能證實我的理論。蟹兄你是個小色鬼，所以會為一件微不足道的事喝酒打架。博士是太監，所以他不會拉你。人生的道路完全是由性格決定的。」

「你還沒說林肯呢，他算什麼？」博士問。

「還看不透，自我保護意識太強。反正，要不是個太監，就準是個強姦犯。」

蟹兄怒火衝天，「他媽的怎麼他是個強姦犯，而我只能是個小色鬼！」

「強姦犯也是色鬼中的一種嘛，一般人都是色鬼，這就和階級站隊差不多，兩頭小中間大。」四眼忙解釋道。

第二天天又奇熱，清早就叫人喘不過氣來，太陽出來後，把空氣晒得趴地面上直哆嗦，把屋頂上的青草晒得軟成一團。燃燒的兩要素又碰在一塊了，似乎只要再有一個裂了縫的煙囪，就又可以引出個可歌可泣的故事來。這時林肯顯示出他的性格中眞可能有「強」什麼的成分（我們實在沒勇氣重複這類不雅的專用名詞），他跑到隊長家裏，要隊長馬上派人給他們糊煙囪，「不然，要起火的話，」他指着屋頂，「我可不管三七二十一，準在你家也點把火。」隊長蹲在門檻上，把林肯狠狠數落了頓，「在農村說這種話就是反革命，比反革命還反動。」吃過午飯，他從老陳屋上抽了兩個勞動力，給學生換了煙囪。

因爲天熱，下午出工也挺晚。四眼醒來時，太陽已經逼進屋，在當門口嵌上個正方形的亮塊。兩堵牆那邊，隊長打了驚天動地一聲哈欠。四眼說：「現在，像我們這種插兄，誰要在上海有個女朋友，不管她——」

蟹兄打斷了他，「我對着被我搶出來的那張寶像發誓，以後誰再提這句話我就揍他。你們不要怪我翻臉不認人！」

「我想起了一首詩。」博士從床上坐起來。

「如果又是讀書什麼的，那你也請免開尊口吧。」林肯說。

「正相反，不是讀書。你聽着，『在那寧靜的正午，逃學的滋味又是多麼甜蜜。』」

隊長的哨音劃破了長空。

故事說回了頭，就應該結束了，可是別忙，請再耐心兩分鐘，我們還有個小小的尾聲。那天下午五保戶老陳的屋齊了頂，隊長最後在屋脊壓上道泥，在山尖怪俏皮地斜豎兩塊青磚，等他從屋上下來，老陳點起鞭炮，樂呵呵地散煙。那屋蓋得眞不錯，草掞得平整，檐口鍘得溜齊，新打下的麥穰子，像白金般地閃光。隊長從屋外看到屋裏，滿意地點點頭，「看起來還行，啊？」他說，「就缺一件東西了，」他解開衣領，從熱呼呼的心口掏出一張寶像，他把那像放在蟹兄手裏，大慈大悲地說，「去貼上，是你把這救下來的，現在還是你把這貼上吧。」

蟹兄去貼的時候，雙手不住地抖。有一陣他眼圈都發了紅，他用手揉一下，望望屋笆，好像那上面落了什麼下來。我們知道他準在覺得丟了面子，看來這多半也是性格決定的。不過他又想錯了，沒人笑話他，連四眼都沒有。相反，他後來說，這是插隊三年多來所經歷的最感人最含情脈脈的場面之一。

—海內天涯—

這天晚上我壓根沒睡好覺。先是餓急了，十二點爬起來吃泡飯。好容易迷糊過去，卻又夢見蟹兄提着把刀追殺我，天知道是爲了什麼狗屁，那場景就像那類落套的驚險片，跑啊跑啊怎麼也甩不掉他。到最後關頭我醒了，滿頭是汗，一時還摸不清身在何處。我沒開燈，那時大概已經三點了吧，外面靜悄悄的，遠處駛過的火車彷彿在耳根前拉響了汽笛。我想起那些烏煙瘴氣的車廂，想起頭頂上咔嚓作響的行李架，想起頂住腰眼的鄰坐的膝蓋。於是我又想起了他們倆。我覺得自己準是老了。要不，眞的就像小牛鬼說過的那樣，在某種程度上我們每個人都生活在過去？

那年春天，報上說高校恢復了招考制度，我在上海多待了幾星期，把中學裏學過的課程重新梳理了一遍，直到博士來信，威脅說公社要取消我的報考資格時，我才動身回鄉。原想利用火車上這段時間把高中物理或化學結果掉，可實在靜不下心。在我身旁，坐着個帶娃娃的婦女，那女的老想喂娃娃吃奶，娃娃呢，一沾奶味便扯開嗓門哭；對面的兩人，一個漢子奄拉着腦袋，口水垂到腳背，另一個是姑娘，長得怪清秀，沖着她翻在兩用衫外的雪白襯衣領子，我斷定她是上海人。我很想和她談幾句解悶，可她那副冰清玉潔、拒人千里、隨時準備召喚乘警的表情，又把我嚇回去了。

車輪發着單調的響聲，車廂裏空氣慼人。姑娘眼望窗外，漢子口水連成了線。婦女還想讓娃娃吃奶，娃娃拼命地哭。我眞想叫那做娘的給娃兒喂片安眠寧。不知過了多久，我們縣城到了。

我拿着旅行袋下車，上海姑娘跟在我身後，博士林肯蟹兒三人揮舞扁擔走來，有一個矮個跑在他們前頭。姑娘停住腳，浸在夕陽餘暉裏，臉上的笑容像春天池塘的漣漪。我對那矮個兒狠狠瞪了一眼，這才發現他就是小牛鬼。

十幾年以後，當小牛鬼再來找我時，我差點都認不出他了。我打開門，看到一個西裝革履、頭梳得油光滴滑的傢伙。我說：「你找誰？」「找你呀，四眼，」他說，「怎麼，你不認識我啦？」我又從上到下把他打量一番，除了看出他的穿着與我那套二十來塊的花呢西裝不可同日而語之外，沒有什麼新發現。在我印象中，小牛鬼從來就不是這模樣。在鄉下他穿得破爛，讓太陽晒得黑不溜秋，看上去可憐巴巴的。再早些，他在我們學校邊的弄堂裏掃地，整天低着頭，不敢正眼看人。過路的紅衞兵，高興了給他一腳，生氣了給一巴掌，他挨了揍還得賠笑臉。我怎麼能想到他還會有這種神氣呢。

我把住門，沒讓他進屋。「你找錯人了吧，伙計。我沒見過你。就我所知，我的熟人裏頭沒一個抹頭油的。」

「你眞有意思，四眼。這麼多年來你一點沒變。」他笑了。這麼多年來他樣樣都變了，就這笑沒來得及變，還是那種逆來順受想討人喜歡的淺笑。要不是他這一笑，我大概永遠都認不出他來。

四眼他認不出我，這裏的人誰都認不出我了。離開賓館前，我對媽媽說要去會幾個朋友，她好像有點不放心，想了半天才答應，「好吧，早去早回，別誤了晚上的宴會。」我叫了輛的士，找到那弄堂，在那一刻裏，我聽到自己的心跳。路邊搭着脚手架，房屋正在翻新，地上到處是瓜皮紙屑，沒走幾步，皮鞋上便蒙了層塵土。牆上有些石灰剝落了，露出當年大紅標語的痕跡。居民委員會還在轉角處的汽車間裏，門旁依然放着張方桌。有個老太太坐在桌後。我問她還認識我嗎，她瞇起眼看了半天，搖搖頭。想起來眞像做夢一樣，一晃近二十年過去了，那時我才十四歲。

我沒敢往弄堂深處走，圓圓的家就在那兒，我不知道圓圓是怎麼對家裏人說我們的事的，可我知道他們肯定恨我。以前人們常說一句話，扒了皮也認得你的骨頭。要是他們見到我，沒準眞會扒了我的皮。可要是圓圓在，決不會讓他們這麼做，當初她全家都反對她和我好，她也沒放在心上。分手那天，我瞞着媽媽約她在外面見面，那是個下午，咖啡館裏沒別的客人，侍應生靠在酒吧櫃上，懶洋洋地聽音樂，圓圓久久看着面前的杯子，臨了，她摸摸我的臉，說：「你眞可憐。」我明白她的意思，可說實話，我也覺得她挺可憐的。她拒絕了我給爭取到的條件，一個人孤零零，人地不熟，今後她該怎麼生活呢。然而我還是很寬慰，無論如何，在分別的時候，她是覺得我可憐，不是可惡。她一定理解我沒有別的辦法。以前毛主席說，出身不能選擇，道路可以選擇，我們聽了就忘了，沒想到十幾年後卻意識到這其中的眞諦。媽媽是不能選擇的，攤上哪個你都得受着，可妻子卻能夠選擇。

那年春天，圓圓從皖南來看我。我在車站接她。她走下車，亭亭玉立，斜陽灑在她頭髮上，像給她戴了一個花環。她比以前任何一天都要溫柔可愛。四眼在一旁看呆了。那天我還不認識四眼，可他說認識我，見過我在那弄堂裏掃地。說起來眞怪，在我還是個小反革命小牛鬼蛇神時，人人都說認識我，可等我終於擺脫了那頂帽子，總算活得像個人了，他們又都認不出我了。

她和我並肩在鎭上走。她身上有一股清香，就像有種什麼花，被太陽一晒就會溢出香味。我急着趕路，可她要讓我吃些點心。錢是她付的，那時我身上一個子都沒有。她是獨生女，父兄都盡着她花錢。她吃得很少，也很少說話，光看我，像是看就能看飽。我想讓自己相信這就是幸福。如今年紀大了，見識也廣了，我明白那時我對幸福的理解是多麼膚淺。後來就是那件事，使我和四眼結下不解之緣。我們剛出鎮口，被兩個壞蛋截住了。「這不是小牛鬼嗎？」其中一個說，「怎麼也來這裏插隊啦！」

「我不認識你們。」我眼瞧着地，賠起小心說。這兩人歪戴軍帽，斜叨香煙，憑着直覺，我知道麻煩來了。

「嘿，好大的架子，他不認識我們。想你在上海掃大街的時候，大爺我可沒少踢你的屁股。怎麼着，神氣起來了，還帶上女的，要不要我再搧你幾耳光，讓你個狗崽子清醒清醒哪！」

那傢伙凶神惡煞地舉起手，我縮緊脖子，我知道他們說打就會打。那年頭挨打受罵慣了，我不怎麼怕痛，只是讓圓圓看着，有些不好受。但那時我更擔憂的，是怕他們節外生枝，比如要錢買煙什麼的，還怕他們會找圓圓的麻煩，我想讓他們打幾下算了。但是圓圓和我想的不一樣，也不知她哪來那麼大的勁，把我一下拖到她身後。「你們別欺侮他，」她大聲說，「有什麼事我頂着，你們不就是要敲竹槓嗎？那好，我有錢，給你們，都給你們。」她掏出錢包，顫抖着打開拉鏈，取出幾張折得整整齊齊的鈔票，塞到那兩傢伙手裏。遲疑了一下，她像賭氣似的，乾脆把錢包也向他們扔去。我愣住了。那兩個壞蛋也愣住了。

那年頭我宣稱信奉三不主義，不識好歹、不動聲色、不變以應萬變，後來我放棄了。時代在變，人人都得變，我覺得自己變得夠多，都快認不出自己了，可小牛鬼卻說「你一點沒變。」

他走進屋，四下打量着，我給他倒茶時，他順着牆繞屋一周，還摸了摸我家新添的大櫥。要是讓不相干的看見，準以爲他是哪家舊貨店來的估價員。後來他坐下，掏出塊雪白的手絹，撣去皮鞋上的灰。「我不知道你家的門牌號碼，」他說，「記得嗎，以前我跟林肯來過一次。我讓司機向前開，一直向前開，直到我看見這房子。突然間我肯定你就住這兒。眞不明白哪來的把握，好像昨天剛到過你家。」我忘了手裏的熱水瓶，把水溢得滿桌都是，他這迷迷糊糊一番話，使我體會到生命的短促。

那天是我們給小牛鬼解了圍。走出車站，蟹兄說渾身沒勁，我知道這意思是要我請客，便帶他們進一家小舖子。小牛鬼和那女的也在店裏，安安靜靜的，像一對相互舔毛的貓。按照老習慣，我們邊吃邊猜測店堂裏那些吃客的身份和關係，猜到他倆，博士和林肯都說是姐弟，蟹兄搔搔頭宣布棄權。吃完包子，我們又上路，遠遠看到他倆被兩個戴軍帽的小子攔在鎮口。林肯罵了聲娘，「看到那個尖嘴猴腮的傢伙嗎，他叫橄欖，是他領頭抄我家的。他媽的，我眞想揍他。」

「那還等什麼呢，」我激他，「他們兩個，我們四個。四對二。機不可失，時不再來啊。」

林肯猶豫着，蟹兄卻來了勁。「上啊林肯，咱們今天給你出氣。」那幾位都忙着自己的買賣，沒注意咱們接近。橄欖正數錢，蟹兄拍上他肩膀時，他渾身一顫。「幹什麼，」他回過頭，口氣還挺硬，「你們從哪來的，可別看錯了人頭。」

「沒看錯人頭，找的就是你。發大路財嘛，見者人人有份。」我說着也走了上去。

林肯斷了另一個小子的後路，博士也裝模作樣橫起扁擔，橄欖和同夥交換了眼色，立刻客氣下來。「你們幾位朋友以前沒見過，」他笑笑說，「不過一回生兩回熟，這點小意思，算是朋友我請你們喝頓酒。拿着吧，別客氣，有道是不打不相識。」

蟹兄接過那錢，看也不看塞進兜裏。「誰跟你客氣，你他媽的瞎了狗眼，這點錢夠我們四個分嗎！你沒見過我們，我們可見過你，你不是叫橄欖嗎？聽說你常在這一帶稱王稱霸，咱哥兒幾個早想教訓你啦！今天算你倆運氣好，大爺不打算在這鎭口丟下具無頭屍，把口袋掏乾淨了，咱放你條生路。快點，掏起來掏起來，別跟自己過不去。」

兩人二話沒說，四隻手上下摸索。橄欖交出餘下的錢，另一個小子交出個小錢包。蟹兄大吼一聲：「不見棺材不落淚，嗯？眞要老子動手啊！」橄欖把褲袋拉出半尺長，嘶啞着說：「眞沒了，全在這裏。吺，還有包煙，已經開了封，你要你拿去好了。」

蟹兄劈手奪過煙，「滾吧！」橄欖跑出二十來步，回頭叫道：「好小子，你們等着，我橄欖不是好惹的，過兩天來找你算帳。」「不來你是狗狼養的，」蟹兄說，「老子等着你。我是五金廠的，叫『快刀黃天霸』，打聽打聽去。下次在街上再看到你，我砸斷你的狗腿。」

橄欖兩個一走，這架勢就成了我們四人圍着小牛鬼和他的姑娘。他們倆緊靠在一塊，看得出有多慌張。「我們沒錢了，」小牛鬼想學橄欖拉口袋，「所有的錢都給了那兩人。」我說：「我們不是敲竹槓的，不要你們錢。你不是小牛鬼嗎？我認識你。」我原是想安慰安慰他，不料一聽此話，他更害怕了。那女的對我說，「求求你們，別再和他為難。錢已經在你們手裏了，還要什麼？香煙嗎？」

蟹兄說，當時他也認定圓圓是小牛鬼的姐姐，直到晚上問了，才知不對。我費了好大力氣使他們相信我們並非翦徑的好漢，只不過存心來出橄欖的醜。我叫蟹兄把錢還回去，他磨蹭了半天，怪捨不得的。我想是演得順手，把假戲當眞了，可他不承認，「我是覺得窩囊。一個大男子漢，怎麼就躲在女人身後。」

小牛鬼落戶的生產隊和我們在一條道上，可還要遠一個鐘頭。到我們隊，天已經黑了，我和博士商量了一下，留他倆在我們那裏住一夜。我們把裏間騰空，博士讓出自己的床，在床頭安上帳子。我們忙於設置男女之大防時，圓圓伏在灶頭做飯。雖然世界上大多數好廚師都是男的，可女人做的飯吃起來感覺就是不一樣。飯後，我們端着板凳坐到院子裏，月亮掛在天上，像五分錢硬幣那麼大。後來圓圓也坐了出來，院子裏飄拂着一股奇異的香味。蟹兄問我聞到沒有，博士說是屋後的洋槐樹開花了。突然，小牛鬼談起自己的事，他說那時候，他準是全中國年紀最小的牛鬼蛇神。

往事不堪回首。那年月，每天早上睜開眼睛，就想着晚上還能不能平安躺下。我才十四歲，年齡相彷的人，都在全國各地革命，我呢，天一亮就得出去掃地。我沒挨過鬥，也許他們覺得我太小，不夠格，但里弄每次批鬥四類分子，我都得站一邊陪着。掃地的滋味也挺慘的，身後響起腳步會讓你發怵，你不知道來的是什麼人，會不會踢你一腳，可你不敢回臉看，生怕把他看火了。日子一長，我頸後的皮膚像是長出了視神經，老遠來個人都能感覺到。放在現在，大概這就能算是特異功能吧。

媽媽聽我談起這段經歷時，都哭了。她說要放在她身上，她活不到今天。她是怎麼想的，我不清楚，可我知道她體會不到我的感受，沒親身經歷過那種事，哪怕是最親的親人，都不可能懂這感受。就像那個夏季，每天爸爸從學校回來，我看見他臉上青一塊紫一塊，身上塗滿漿糊和墨跡，以及後來在廣州，他被戴上手銬推進警車，我也不可能知道他的感受。那時我又害怕又痛苦，但其中至少有一半是爲了自己。我想爸爸的害怕和痛苦一定超過我一千倍，要不像他那樣的人是不敢走那條路的。

他們審了我兩天，最後還是把我送回上海，因爲我年紀小，也的確什麼都不知道。我已經無家可歸了。三年前，媽媽去香港探親，沒再回來，她讓我們打申請，也沒批准。他們把我塞到姑媽家，叫居委會管制我。我給姑媽添了麻煩，讓她在里弄裏抬不起頭來，她家對我不好，這也難怪。姑媽每次叫我吃飯，都要惡狠狠地把媽媽咒上一遍，說要不是那個天殺的妖精婦做的好事，她弟弟也不會成了反革命，她家也不至於背上這個小牛鬼蛇神黑包袱。

記得那一天，爸爸回家來，從口袋掏出兩張火車票，說要去廣州出差，帶我一塊走。當晚我們上了火車。我心裏很高興，這是我第一次去廣州。我們找了個接待站住下，第二天，爸爸說去逛公園。那公園名字叫越秀，在池塘邊有個小竹亭，爸爸倚在欄杆上東張西望，好像在等人，等得不耐煩了，掏出支香煙點上。我覺得奇怪，他平時很少抽煙，除非在下棋下輸的時候。

從姑媽和居委幹部嘴裏，我陸續知道了事情經過。媽媽托人帶進來一封信，她在香港聽說內地局勢很亂，怕我們出事，花錢買通了帶路的黃牛，要我們從廣州那邊偷渡過去。爸爸拿不定主意，去找一個最要好的棋友商量，那人說還是去吧，留這裏怕是凶多吉少，還說要是行的話他也想走。爸爸和他約好分別出發，在越秀公園會面。不料那棋友臨陣膽怯，想來想去到公安局自首了。我們在竹亭裏等了好久，我無聊透了，爸爸又點上一支煙，有一個人走上來問他借火。

媽媽總說爸爸是天生的書呆子。他的確很呆，除了本行教中學物理外，他只關心兩件事，看書和下棋。他不喜歡運動，反應遲鈍，又沒有主見，媽媽說我是繼承了他的因子。但是那一天，爸爸卻是那樣敏捷，他把煙頭往那人臉上一扔，按着欄杆，縱身飛出竹亭。我看傻了。他的姿式眞美，彷彿一隻海鳥在陽光照耀下的水面翻着白肚，可是他忘了自己不會游泳。落水之後，他手拍腳打，沒游幾下就被水嗆了。我拼命叫喊，幾個不知從哪兒冒出來的民警把他從水裏拖上來。他在草坪上躺了好一會才開口說話，那句話說得民警直眨眼，讓我現在想起來還覺得驚心動魄。他躺在那裏，嘴唇翕動着，我以爲他是想吩咐我什麼，可他說：「感謝毛主席給了我第二次生命。」

睡下去的時候，我決心第二天要早起。不能老讓客人爲我們做飯哪。誰知等我醒來，博士林肯和蟹兄都已經起床了，一個個忙得正歡。圓圓和了麵，沾了兩手濕麵粉，問我村外有沒有小溪。我把她帶到塘邊，她沒洗手，卻說要與我談幾句。回想起來，我與圓圓總共交談過兩次，一次是那天，一次是在一年後，她帶小牛鬼去皖南，我送她們到火車站的時候，她話語裏有一種奇特的感染力，每次都讓我覺着震動。

「我想我應該謝你，」她說，「要不是你們，我和他昨天怕難以脫身。他對我說你們是好人，眞的，他從心裏這麼想，不然他不會隨便談家裏的那些事。他這個人懦弱，可心挺好，看人也看得準。他說誰不欺侮他，誰就是好人。乍聽這很幼稚，但細想起來又有些道理。我準備接他去皖南，一樣插隊，我們那裏條件好多了，只是那邊還沒答應。在這當口，我想托你照顧他，叫那些小流氓知道，他也有些朋友。我會讓他常來找你的。你同意嗎？同意了？」

我同意了，不過恐怕有負於我的應諾。那年夏天，我盡忙着自己的事。大學開始招生，博士和我作爲公社僅有的兩名高中生被推薦到了縣裏。縣招生辦的頭頭們最初大概也和我們一樣不明就裏，正兒八經組織了文化考試。那些天裏博士成了擱不落地的寶貝，到處被人請去解答難題，連一些平常從不正眼看人的漂亮女初中生也爭着向他飛媚眼。我想，那段時光準能給博士晚年留下個溫馨的回憶。

圓圓在小牛鬼隊裏只待了一星期。小牛鬼告訴我們，那星期她忙得一天不得閒，從小隊大隊到公社，每個沾得着邊的幹部家都去過，發了好幾條煙，她確實帶來不少煙，那天早上臨走前，她塞給蟹兄幾包，本來還想給我，但我沒收。他倆走後，林肯拖博士到屋後，逼他指出那棵不守節氣胡亂開花的洋槐樹在哪裏，蟹兄在門口站了會兒，憤憤地說：「一朵好花插在牛糞上。」聽了圓圓串戶發煙的事，蟹兄好像又有些憤憤然，他半開玩笑地說：「小牛鬼，你眞是走運，這麼個能幹女人怎麼讓你小子迷上啦。」不過從小牛鬼的表情裏，我找不到一絲高興的痕跡，相反我覺得他壓根不願意圓圓做那件事，只是無力勸阻。

那次小牛鬼來我們隊是過路，他要去勞改農場看他爸爸。我承擔起保護人的責任，陪他上鎭。進車站候車室，小牛鬼突然扯扯我的衣後襟，我順他的目光看去，發現橄欖和他的同夥就坐在長椅的盡端。「別慌，」我平了平氣說，「別向他們看。記住我的話：不動聲色、不識好歹、不變以應萬變。千萬不能露出驚慌的神色。你不怕他，他就怕你。」

我們在長椅上坐下，沒向那頭看，可我感覺到有人在看我，而且朝我們走來。「是你啊橄欖，」我慢慢轉過臉，好像剛發現他。「怎麼，你小子還在這地頭胡混！」

「不不，哪能呢，」他笑着掏出煙，給我們一人敬了一支，「我回上海，在這裏等車。哎，老黃呢，怎麼沒見他？」

「哪個老黃？」我眞讓他問住了。

「老黃，黃天覇。咱們不打不相識，我倒是挺喜歡結交他那樣的朋友。」

「噢，你說小快刀。他完了，下了大牢。在蚌埠鬧了個人命案。他當場被抓，我好不容易才跑出來。」我說。

他沉默了一會，可能在慶幸蟹兄上回沒把他的命給鬧了。「眞可惜，少了條好漢。我現在收心了，你知道嗎，我考進了上海醫學院。以後回上海，看病什麼的儘管找我。」

橄欖進了大學，我和博士卻沒有。張鐵生一交白卷，局面頓時改觀，上海來的工宣隊聲稱他們根本不看考試成績，博士一個水花沒翻就沉沒了，我還比他命長些。縣裏留出兩個名額，撥給可以教育好的子女，據說考慮過我，可另一個狗崽子把我比了下去，他是小隊會計，又兼深耕組長，就半年時間，已經掙下四千多工分。當時我很傷腦筋，連博士林肯也陪着我嘆氣，五年之後，我卻爲那次落選而高興。咱們順順當當踏進了大學門檻，不必去咬那種澀口的釣餌。幾乎也就在同時，小牛鬼和圓圓的申請得到批准，終於雙雙去了香港。

我找抹布揩杯裏溢出的水，小牛鬼坐在沙發上，雙手托着下巴。我知道他在看我，我在眼鏡鏡片上發現他視線的反光。我想他大概知道我在想什麼，可能他也在想同樣的事。我問他這次來有何貴幹，他答了個現下很時興的字眼，「談生意，跟我媽媽來談筆生意。」接着，他又補充了一句，「不過我來找你是要請你吃飯。」

四眼曾說過，只有大自然的力量能使他產生恐懼，除此以外，他什麼都不怕。「怕啥，誰也不比咱們多一條胳膊多一隻眼，哪個讓你不快活，你就讓他也不快活。咱現在是最高指示和尚打傘無法無天，都到這地步了，還怕什麼，送咱們去勞改？我看這和勞改也就差不多。」

那時我對四眼簡直崇拜得五體投地，以致圓圓都有些惱了。卽便這樣，我覺得他最後那句話錯了。插隊怎麼能和勞改相提並論呢，我們可以吵，可以鬧，高興起來想不幹活就不幹活，勞改犯行嗎？人們不能理解自己未曾經受的痛苦，卻喜歡妄自評說，看來連四眼也難免此嫌。

那年初秋我去勞改農場，爸爸見到我很高興，連連說沒想我長那麼高了。他很少談自己，也沒問這幾年是怎麼過來的。我問他還下不下棋，他說還下。「農場有個指導員喜歡這道道，常叫我陪他。我不能贏，不然他會讓我幹最重的活，上山砍竹子，輸也不能輸得像讓，不然又得去砍竹子。」他是笑着說的，笑得坦然，我看不出他心裏怎麼想。後來到了香港，爸爸買來副棋，躲在房裏一個人擺來擺去，說是要把那些年和指導員下過的棋重新走一遍。「你們不會懂，其實我現在仍然生活在農場裏，」他死盯着牆上某一點，好像眼光能從那兒透出去，看到延綿不絕的丘陵。媽媽讓我別當眞，說他精神有些不穩定，可我知道不是。我懂爸爸的話，有時候，我覺得自己也還活在那個年代。

生理上的某些反應比記憶更頑固。有一次我去尖沙咀東，突然間後視神經復活了，頸後皮膚一陣灼熱，像是照過紅外線太陽燈。我轉過身，滿街行人奔喪一樣地疾走，擋住了我的視線，但我知道那是圓圓，絕對不會錯。後來，別人告訴我，她當時就在那附近打工。

初次見到圓圓時的感覺就是那樣。我在弄堂裏掃地，我並不知道她住在那裏，可每當走過那扇大門，我都感到了頸後的壓力。我有一種預感，這裏遲早要發生什麼事。終於有一天，那扇門吱呀一聲在我身後打開了。我想往前走，可走不動，那門裏像是有個磁場，讓我滿頭的頭髮都直豎起來。我縮緊脖子，對自己說，「來吧雜種，你還等什麼！」彷彿聽到了我的話，她回答說：「你別害怕，我不會捉弄你的。來，到我家裏坐坐。」

她給我倒了杯熱茶，又塞給我一粒糖，她問我的身世，她身上有種逼人的東西，讓我不得不說。後來我表示得走了，「好吧，明天見，」她說。「我叫圓圓，我聽那些人叫你小牛鬼，以後你別答應他們。」第二天我又去了。她家裏沒別的人，父兄都在上班，學校裏亂糟糟，她整天呆在屋裏，大概也很無聊。說起來沒人會信，我寧願掃地，也不願和她相對而坐。可是沒辦法，我那時的處境就是這樣，不僅不能反抗暴虐，也不敢謝絕別人的好意。

生活一天天單調地重複着，我以爲這弄堂永遠也沒個盡頭了。十二月，毛主席號召知識青年到農村去，里委幹部通知我去皖東插隊。我高興極了。對四眼他們，這或許是個噩耗，可對我卻是天大的喜訊，只要能走出這弄堂，去哪兒我都願意。過了幾天，圓圓對我說，她報名去了皖南，要我和她一塊走。我說里委分我到皖東。她想了想，說沒關係，以後想辦法把我調過去。我覺得太滑稽，她甚至都不想問問我是否打算去她的皖南。

圓圓說：「自從第一次見到你，我就知道我們會走到一塊的。」那年春天，她來鄉下看我，讓我陪着找幹部拉關係。從公社回來，她累得躺床上不能動，我說何苦呢？「沒良心的，」她罵道，「不都爲了你？」太陽下山了，放牛娃唱着小曲從門口經過。「來，到我身邊來。」她看着我，眼睛深不可測，我沒法不過去。「親我，」她輕輕說。窗外傳來鄰居的吵架聲。我不記得我親了沒有，也許親了，也許是她親了我。「我知道你想的就是這個，」她心滿意足地笑了，「現在你該得意了吧。」我說是的，然而心如死灰。

去農場之前，我在四眼他們戶裏住了一天。博士和林肯念念不忘圓圓做的那頓晚飯，蟹兄不住地感嘆，怎麼那麼能幹的姑娘讓我遇上了。我猜他可能有點羨慕我，可是他不會想到我是多麼地羡慕他。過了一年，圓圓把結婚證書塞到我手裏，帶我去了皖南。當我看到那張證書時，我心頭湧上一種無名的悲哀。同樣的感覺，只是幾年之後，媽媽要我和圓圓分手時，我才又一次嚐到。

這些年裏，我一直沒忘記小牛鬼的爸爸，從聽小牛鬼說的那晚上起，他的形象就像根釘子似的釘進了我腦門。我看到他躺在草坪上，嘴邊冒出白沫，像一條快乾死的魚。警車向他敞開黑洞洞的門，他卻說感謝毛主席給了他第二次生命。可惜說完那話，他沒能抽動幾下手腳就此咽氣；相反，倒在那農場裏，爲了不上山砍柴，絞盡腦汁想把棋輸得更逼眞些。眞讓我生氣，他把這故事給毁了。

小牛鬼說：「我來是要請你吃飯。」說罷，他喘口大氣，掏出那塊剛才擦過皮鞋的手絹，滿頭滿腦地擦汗。他的表情嚴肅得叫我想笑，好像這十幾年裏，他日日想月月想的就是這頓飯。他那模樣使我想到錫金或者不丹那種地方的什麼教徒，他們背着沉重的包裹，走了幾千里路，等終於來到聖山上，他們卻膽怯起來，生怕神不收他們的禮物。

「你爸爸好嗎？」我問。

「還好，」他臉上滾起一陣黑潮。他告訴我自從到香港後，他爸爸性情大變，整天在家不出門，後來甚至連臥房都很少出，彷彿在想像中爲自己編織了一個繭，偶然才在繭上咬個洞，對他或是他媽媽說一兩句極爲難懂的話。「他還下棋，只跟自己下，也還抽煙，不過現在用不着抽煙葉了。」

過了好幾天，我忽然想起忘了問小牛鬼一件事，就是那張紙條究竟從哪兒來。爲了那張紙條，博士和林肯跟我打過個賭，他倆說紙條是眞的，我說是欺人之談，惡作劇罷了。說好誰輸了在縣城飯店作次東，但沒能兌現，因爲眞相至今也還不曾大白。

那年冬天我們都回上海過年，是林肯領小牛鬼來我家的。他們神色緊張，煞有介事，讓我以爲是第三次世界大戰爆發了。小牛鬼雙手亂顫遞給我一張紙條，那紙皺巴巴的，上面寫了幾行皺巴巴的字：今天下午四點在紅星電影院拐角郵筒旁等帶上重要物品務必前來。

「這是什麼玩意兒？」我問。

「今天一早我在門縫底下撿到的，」小牛鬼激動地說。

「是這樣，」林肯補充，「小牛鬼覺得可能是他香港媽媽托人來和他聯絡，可又怕是派出所布下的圈套，所以拿不定主意，不知該不該務必前來，要你給他參謀參謀。那傢伙要他帶上重要物品，說不定直接就帶他遠走高飛了呢。」

小牛鬼死死盯着我，前額上滲出豆大的汗珠。我知道他爲什麼那麼不安，他面臨着他爸爸當年的抉擇，也許也面臨着同樣的後果，不過在那瞬間，我並沒有意識到自己也同樣面臨着他爸爸那個棋友當年的抉擇。我說：「回答我一句話，小牛鬼，你到底想不想去香港？」

小牛鬼嚼了半天牙床。「我拿不定。不過，要眞是媽媽托的人，我想我至少應該跟他見一面。」

「好，那你就按這紙條上說的做吧。你不必太緊張，說不定只是虛驚一場，我看這多半是你姑媽家鄰居搗的蛋。」

「不會是居民委員會布下圈套整我？」

「不會，」我說，「你以爲人家都吃飽了飯沒事幹怎麼的？像你這樣的小子，全上海有多少！」

「你能不能陪我一塊去？」小牛鬼想了半天，說出這麼句話。這時我想起了那個棋友，我發覺世界上的事情竟是那樣簡單又滑稽，便忍不住大笑起來。

小牛鬼被我笑傻了，不知所措。林肯不滿地看着我，「怎麼啦四眼，他可是眞心求你幫忙呢。」

「我沒法幫忙，」我笑着說，「他爸爸找了個棋友，現在他又想找一個。」

「你眞下流，」林肯說，「他不過讓你給他壯壯膽嘛。算了，小牛鬼，我陪你去。」

我止住笑，板起臉說：「你也不能去，這是個原則問題，一個人必須先爲自己豁出命去，別人才可能爲他拔刀。再說，他媽媽要的是小牛鬼，你夾在中間反而會把事情弄糟的。」

小牛鬼怏怏地走了。當天晚上，林肯拖博士去打聽消息，連夜又竄到我家。他倆告訴我那事吹了，小牛鬼讓圓圓站到郵筒邊，自己躲在馬路對面的一家布店裏，直到天黑也沒人上來招呼，只見到一個女人騎着自行車在拐角上來回走了兩次。看來她就是那左手戴手套的聯絡員，由於這邊沒亮出紅燈，只得落荒而走。「吹了也好，」博士說，「塞翁失馬安知非福。要是接上頭，沒準到廣州讓人賣了，就算沒賣，也可能從馬上跌下來摔斷了腿。什麼？他們走的不是山間鈴響馬幫來的小道嗎？」

從那以後，我對小牛鬼徹底喪失了信心，我想他是沒治了。也許蟹兄說得對，這小子就是泡牛屎，眞可惜了一朵鮮花。

「他竟然直截了當回絕了你？」圓圓豎起劍眉問。

「是的，」我說。

「我們低三下四求他，他不答應不說，還要教訓人！」

「也不能說是教訓，他只是說這是個原則問題——」

「你根本就不該去找他。」圓圓臉漲得緋紅，我很少見她那麼生氣。「我們看錯了人。這個四眼，也就剩張嘴了，光會說漂亮話，肚子裏不過一包草。虧你還當他是好朋友，成天四眼長四眼短地掛在口邊。我看他們那夥沒一個好人，博士是個笨蛋，林肯像死了全家似地沉着臉，還有那蟹兒，十足是個流氓。他們滿口粗話，在鎮上黑吃黑，我們眞不該和他們認識。算了，吃一塹長一智，以後別找他們。」

我想勸圓圓平平氣，沒用，她怒火衝天，像是和四眼前世就結下了仇。說心裏話，我認爲四眼說得很對，一個人如果自己不先爲自己拼命，還有什麼理由指望別人爲他出力呢。四眼說這番話時神色莊嚴，感情發自內心，我當時眞是激動。我感激他，因爲他把我當作朋友，當作一個完全平等的人來要求。我就是懷着那種心情離開四眼家的，我想我一定做出點事，讓朋友們不再對我失望，然而圓圓卻攔住了我的路。

「你想自己去赴約？」她極爲不安，「不行，絕對不行。一定要去，那我陪着你。你不要因爲四眼他們不講交情就去鋌而走險，犯不着，我不會讓你這麼幹。你放心吧，即使世上所有的人都不理你，還有我在你身邊。你已經不是十四歲了，如果出了事，你會被送到你爸爸那裏去的！」

她逼我躲進拐角對面的一家布店，自己去守在郵筒邊。我力爭，可爭不過，只能像個小偷似的隔着櫥窗玻璃注視站在寒風中的她。街上人不多，有幾個走到郵筒旁投信，有一個騎自行車的女人來回過了兩次，但沒人上來說話。等到天黑，我們才回家，圓圓挽着我的手，輕聲說別灰心，也許還會有條子來的。她身上有股香味。那味兒讓我窒息。行人多起來了，都低着頭匆匆趕路，他們大概都鄙視我，不屑於看我，我想這是我活該，不能怨任何人，然而我沒法讓自己不怨圓圓。對事情的結局，我並不在乎，四眼說得對，多半本來就只是場惡作劇，可是她奪去了我最後一次站起來，爲自己戰鬥的機會。後來我曾想過，要是當年圓圓給了我這機會，或許我能頂住媽媽的壓力，不跟圓圓離婚，不過更有可能的是，我根本就不會跟她結婚。

我等着四眼問起圓圓，我想他一定願意知道圓圓現在如何，可他沒問。他說起我爸爸媽媽，還有博士他們三人的近況，就是一句都不提到圓圓。後來我慼不住了，說：「四眼，你怎麼不問問圓圓呢？」

「何必呢？」他回答，「要是你想讓我知道，你自己會說的，對不對？」

我告訴他我們已經分手，他說是嗎，又若無其事地扯起別的事。當然我不希望他大動肝火，可他那麼冷漠，我倒也不曾估計到，連爸爸的反應都比他強烈些。爸爸和自個在走棋，我告訴他媽媽讓我跟圓圓離婚，他想了一會，走了步馬臥槽，他說：「戰勝自己是戰勝一切的唯一前提，戰勝自己就是『無我』，可眞要做到了『無我』，又何必去戰勝一切呢？」說來挺怪，我好像有點懂爸爸的意思。

有時我想，大概世上人就分成兩種，一種是媽媽圓圓和四眼那樣的，他們信心十足，意志剛強，敢想敢說敢爲，他們也許會失敗，但最終總獲得成功。另一種便像我和爸爸，聽天由命，隨波逐流，偶爾鼓起勇氣以求一逞，卻又難免碰得頭破血流。每當這樣想，我便感到坦然，因爲萬事都早有安排，無論有沒有那個郵筒，結局全一樣。不知爸爸是不是這麼想，走進他的房間，他總笑笑，要我坐在他身邊，他難得說話，我卻覺得我們的心是連在一起的。我們屬於過去，他們屬於現在和將來。

初到香港時，媽媽爲我們在富麗華酒店開了個酒會。她站在門口迎接客人，讓爸爸、我和圓圓站在她身後。那天客人很多，男的穿着大禮服，女的渾身珠光寶氣，廣東話和上海話裏半夾着洋文，和他們坐一起眞受罪透了。媽媽在此間頗受人敬重，她繼承下外祖父的家產，隻身闖蕩二十多年，辦起一家舉足輕重的大公司。要不是她的影響，我們來港怕還沒那麼順利。在席上我們大概有不少舉止失當之處，媽媽頻頻向我們投眼色。她看爸爸和我，眼光裏是寬容和憐憫，看圓圓，卻是冷若冰霜。就在那時，我產生了不祥的預感，我想媽媽可能容不下圓圓。

他告訴我已經和圓圓分了手，似乎還想來一番解釋，我沒給他這機會，這些年我們聽解釋聽得夠多，都瀉了肚子。我問他還想不想請我吃飯，他驚叫一聲，說差點把這事忘了。一輛黑色的出租車停在家門口，看看，小牛鬼現在出落得如此氣派。

第二年春回鄉後，我沒見過他幾次。記得公社給了他一筆春荒補助，大約二十來塊吧，他拿着那錢來我們隊買煙葉。我問幹嗎要這青草稈子，他說是寄給他爸爸的，他爸爸那時煙抽得厲害，買不起煙卷，置了個旱煙袋。我聽了有點感動，不過也僅僅是有點感動而已。我說過，我那會對他已經喪失了信心，之所以還照顧着，恐怕是爲了對圓圓作出的承諾。咱們不能因爲阿斗不爭氣，就把劉備也一腳踢了。

八月底，圓圓把小牛鬼接走了。我去車站歡送，從此再沒見到過他們。十二月，我也離開了皖東，叔叔給我在江南小鎮的社辦企業裏找了個採購員的差使，我想這倒也不錯，可以學點政治經濟學。臨走前博士林肯蟹兄爲我餞行，烹狗宰雞，我們四個都喝過了量，鬧到深更半夜，還勁頭十足地唱起那支散文歌曲，「海內存知己，天涯若比鄰，中阿兩國遠隔千山萬水，我們的心……」聽林肯說，小牛鬼去香港前想見我一面，可那時我住在學校裏，他像是挺遺憾的。十幾年後，他鳥槍換炮，驅着轎車把我找到了。

轎車駛進上海賓館。戴大蓋帽的服務員替我們打開門。有一位雍容華貴的太太站在宴會廳門口。小牛鬼快步上前。「媽媽，見見我的好朋友，這就是我常對你說起的四眼……」

他媽媽和我握了手。「你怎麼才回來，眞把我急壞了，」她對小牛鬼說，「你看，副市長都到了，我領你去見他。」她又轉向我，「眞對不起，我兒子常提起你的事，等一會兒我們好好談談？」我得承認，她這歉道得極有風度，完全不失禮，倒叫我有一種受寵若驚之感。

小牛鬼去和副市長寒暄，我在大廳裏轉着。這地方很漂亮，巨大的吊燈從天花板垂下，照得遠近一片金碧輝煌。十幾張圓桌分兩行排開，服務員們功架十足地上着菜，吃客差不多都到齊了，正摩拳擦掌，在溫文爾雅的表情後面醞釀食欲。小牛鬼把我領到一張桌邊，他說原想和我坐一塊，可他媽讓他陪副市長，只能請我上他姑媽那桌。我問：「你姑媽不是對你不好嗎？」他說不錯，「可那都是過去的事了，不是嗎？」是的，那都是過去的事。橄欖把手拍到我肩上，他也是過去的事。

我轉過臉，大吃一驚。「橄欖，你怎麼在這兒？」

「你眼力不壞，」他說，「我調到外貿工作了，現在這行吃香。哎，該我問你的，你怎麼在這兒？你老兄和這位香港女老板有什麼親戚關係嗎？」

「你瞎了眼，過去瞎眼，現在還瞎眼。你只看見香港女老板，怎麼就看不見香港小開？那是小牛鬼呀，半分鐘前，他還對我咬牙切齒，問在哪裏能找到那個混蛋橄欖！」

橄欖鼓起眼珠，使勁看了一會，大概真把小牛鬼認出來了，於是他面色一慘，眨眼間走得人影不見。何必呢，那只是過去的事啊。

桌上堆滿盤盞，鷄鴨魚肉，赤橙黃綠青藍紫，霎時間勺箸飛舞，可我一點吃不下。我想起了那個老掉牙的朱元璋和珍珠翡翠白玉湯的傳說，當年圓圓的烹飪手藝讓我們讚美不休，而面對着眞正的美味我卻喪失了胃口，那當然都是過去的事了。副市長和女老板相繼站起來祝酒，副市長說的是家鄉人民永遠銘記董事長的拳拳之心什麼，女老板說的是爲祖國效力責無旁貸。小牛鬼對副市長躬了躬身，端着酒杯向這邊走來。我想，現在該輪到咱們倆爲過去的事攤開底牌了。

我不明白媽媽爲什麼要跟圓圓過不去，如果說圓圓不夠格的話，那我還要差勁一千倍，也許媽媽也知道那條眞理：兒子是不能選擇的，再怎麼沒出息她都得受着，因此就更要小心愼重地挑選媳婦。

她對我說：「孩子，你不能和圓圓繼續下去。你是我唯一的兒子，是我們公司唯一的繼承人，你一定得有一個配得上你的妻子。爲了我們家，爲了我們的事業，你得這麼辦。當然，圓圓在最困難的時候幫助過我們，這我們不能忘記，應當感謝她，媽媽會作些安排的。」

我說有些事情是無法用金錢的價值來衡量的。

「這個媽媽知道。」她回答，「金錢買不到世間的一切。可反過來說，沒有金錢，這世間也就沒有一切。」

過了一星期，媽媽又和我談起這事，她問我考慮好了沒有，如果我同意，其餘的事都由她和圓圓去說。我知道我是非得在媽媽和圓圓之間作出選擇了。就像我說的那樣，她們倆是同一類人，只要打定主意，她們就會糾纏到底，不達目的誓不罷休。我想該來的還是讓它早點來吧，我不準備戰鬥了，事實上從一開始我就沒想過要戰鬥，因爲我已經戰勝了自己。

我問媽媽準備怎麼安排圓圓，她心滿意足地笑了。「我會給她介紹一份好工作，關照別人照顧她。我還要在銀行裏爲她存上二十萬港幣。」我說一旦分手，圓圓得有個住處。「接受了。媽媽替她買一套公寓。」我們像是在拍板成交。

大概我臉色不太好看，媽媽溫柔地撫着我的頭髮，溫柔得讓我窒息。「別傷心，孩子，」她眞情畢露，「一個男子漢有時是得爲家族和事業作出點犧牲的。」我想問題就在這兒，這一生中，我爲革命、爲毛主席、爲里委、爲圓圓、爲媽媽、爲公司，每天都在作出犧牲，可越犧牲卻越不像個男子漢，我就是爲這個在傷心哪。不過我覺得媽媽說的也是眞心話，就個人而論，她不該嫌棄圓圓。爸爸十幾年來生死不明，她身居香港，從來沒有過別的想法，只是千方百計要和我們團聚。現在爸爸成了那樣，可她對他仍然那麼好，說話總是輕輕的軟軟的，像在給嬰兒唱歌。後來她告訴我，圓圓拒絕接受了她的施捨，「看不出她倒很有志氣，很剛強。要是她年輕十歲，我可能會培養她。」她也發現她倆是一類的人，也許正因爲如此，她們才不能和睦相處。

那天下午，我約圓圓在外頭見面。咖啡館沒別的人，侍應生倚在酒吧櫃上，懶洋洋地聽音樂。圓圓注視着面前的杯子，久久沒說話，我問她是不是恨我，她搖搖頭，伸手摸摸我的臉頰。她說：「我恨里弄的那些人，討厭四眼，看不起你媽媽，不過我永遠不會恨你。你眞可憐。」我想我們有多麼不同，我怕里弄那些人，欽佩四眼，理解媽媽，怨過她又背叛了她。當然，我沒說，她永遠也不會知道這個。

副市長和媽媽說個沒完。我心急火燎，四眼在那邊桌上也好像坐立不安。後來他們總算起來祝酒了。媽媽說得很得體，博得客人們一陣掌聲，我突然想到爸爸。臨來上海前我向爸爸告別，他抬起頭，眼睛裏閃着一種迷惘的光。「三十年河東轉河西，那兒的靑草如今該有半人高了吧？」他問。我不知道該如何回答。

我對副市長道了聲歉，端起酒杯向四眼走去。我覺得這是我一生中最漫長的爬行，從這桌走到那桌竟然花了十年時間。四眼站起身。我說出在心裏說過很久的話。「四眼，我要敬你一杯酒，謝謝你那些年爲我做過的一切。」

「承蒙厚愛，不勝榮幸之至。」他回答，「不過我喜歡把帳結淸了。你不欠我的情，我沒爲你做過什麼，卽使眞做了也不及圓圓之萬一。我所做的一切只是爲了我自己，因爲那時我也是個狗崽子。」

他把酒一飲而盡，轉身便向外走。我問他去哪兒，他大聲說尿急了，要上厠所。雕花的廳門在他身後震撼，我知道他不會再回來。有一種滋味撲上我心頭，大概是痛苦，不過經歷過那麼多事後，我已經嚐不出那裏頭的「痛」和「苦」了，只是像擠柑橘似的，感覺到汁水一滴滴淌了出來。我想該是我擺脫那些回憶的時候了。那弄堂忘了我，圓圓走了，四眼也走了，爸爸縮進自己的繭裏，一切使我聯想過去的人都如歷史般地退去。媽媽又站起來向誰祝酒，我跟着舉起酒杯，在一片歡呼聲中，我對自己說，「好吧，就讓我們爲那個該死的、最該死的、最最最該死的年代來乾一杯吧。」

我們走進車站時，火車還沒到。人們三三兩兩站在站臺邊，小牛鬼望着前面起伏的丘陵，不知在想什麼，圓圓還是像我第一次見到的那樣，冰清玉潔、拒人千里。

「你終於成功了。」我對圓圓說。

她好像憋着一股氣。「是啊，他沒有父母，也沒人肯和他交朋友，可他畢竟還有我。從今以後，我不會讓任何人欺侮他。」

「你們那裏同意調他嗎？」

「他們不同意，可是沒有辦法，」她說，「我們結婚了。」

車來了。停車時間很短。我把行李替他們扛上去，剛下車揚旗便落倒。小牛鬼從車窗探出大半個身子，向我呼喊着什麼。我揮揮手，仍然在想圓圓剛才那句話。「我們結婚了。」她說得那樣輕巧，就像是說「我吃過中飯了」或者「我買了一斤雞蛋」。她眞是一個不可思議的女人。

列車消失在丘陵間。我轉過身，發現站臺上只剩下我一個人。檢票員斜靠着在出口處欄杆上，手裏舞動一串鑰匙，吹着口哨看我。我走過去。

「送同學？」他問。

「送同學。」

「上調了？」

「上調了。怎麼樣？」

「不怎麼樣，很幸運。」

「是很幸運。」我把站臺票給他，他沒拿，擺擺手叫我出去，接着「哐啷」一聲，把鐵柵門上了鎖。

太陽懸在地平線上，圓圓紅紅的一餅，像個鹹鴨蛋的蛋黃，再過一個多小時它將沉下去，把大地交給暗夜。我心想，要能吃一個鹹鴨蛋該有多好，不過現在得走快些了，要不天黑之前你趕不到生產隊。

小店

「旅客同志們，列車前方到達站是小店車站，本次車在小店車站停車兩分鐘，請在小店下車的旅客提前作好準備，以免誤車，請在小店下車的旅客，提前作好準備。」

天眞熱，又是正午，車廂裏大部分旅客都昏昏地垂下頭，不再談笑。女廣播員的聲調，如同所有車站碼頭的廣播員一樣，照例是懶洋洋的，像一塊嚼熟了的膠姆糖，更催人入睡。

羅斯福伸了伸臂膊，打了個哈欠，身子慢慢向下滑去，接著，對面座位上的兩個人也先後張大了嘴。我捅捅羅斯福的肋骨，「別睡了行不行，過了小店站，再有四十分鐘就到上海了。」

他費力地抬了抬眼皮，說：「別鬧，我就睡四十分鐘。」

他的名字是羅世富，我們廠裏都叫他羅斯福，遇到加班加點的苦差，我們總拿他打趣。「羅斯福，你圖什麼呢，放著好端端的總統不做，來受這份罪。」聽我們這麼說，他老是隨和地笑笑。他脾氣不壞，可太愛打瞌睡，不是個好旅伴，廠裏人都不願意和他一塊出差。我出來時，他們告訴我，只有一個辦法能使他不犯睏，就是講故事。我說那好辦，碰巧我有的是故事。廣播員報出的站名，正讓我想起了一個發生在小店的故事。

「故事？」羅斯福看看我，眼光厚厚的，好像不明白我的話。突然間他兩手在坐椅上一撑，身體挺得筆直。「故事！好極了，你說吧，我聽著呢。」

強烈的太陽光透過鐵道旁的樹枝葉，射進車窗，一會兒閃在我們臉上，一會兒閃在對面兩人的臉上。有隻蒼蠅在陽光裏嗡嗡地飛，最後停到窗框上，用長滿茸毛的前肢撫弄它的尖嘴。

「講呀，」他催我，「不然我又要睡著了。」

「就講。」我揮揮手，趕走了那隻蒼蠅，心想，能在大白天到小店，總算還不錯。

「六十六年冬天，我去北京串連。不知你還記得當時的情形嗎，自毛主席在天安門上接見紅衞兵以後，學生們就從各地衝向北京。不過最初學校裏管得還緊，只許紅衞兵代表分批去，其他人一律留校鬧革命。後來，大約在深秋吧，一下子，兵敗如山倒，誰也管不住誰了，大夥像破了閘的洪水一樣，全湧出去串連。有學校證明的，去火車站開票，沒證明的，買張站臺票也上了車，我算是最沒辦法的，老老實實買了張到蘇州的票。

「那班車定在晚上八點開，我七點半到了北站，怎麼也找不到該上的車。整個站裏沒一個管事的人，我問了幾個穿制服的，都推說不知道，小賣部的女服務員向我指指一個掃地的老頭，說他是站長，讓我問他去。那老頭看了我的票，嘆了口氣說：「現在哪還有什麼遠行時刻表啊。你去找找吧，反正有往北的車，上去就是。

「月臺上滿是和我一樣的中學生，有的背背包，有的扛旅行袋，都像沒頭蒼蠅似地擁過來擁過去，誰也不知道該去哪兒找車。一直等到十點多鐘，車站廣播出一個通知，說爲了讓廣大革命小將去北京接受主席檢閱，他們安排了一列專車，在六號站臺。我們連滾帶爬衝到六號站臺，別提多少人在路上摔了跟斗。到那裏一看，什麼專列啊，是悶罐車。可誰還管它是什麼車呢，能上就行，悶罐子很快就塞滿了，先上的直叫喚，『快關門，擠死了。』車外的就發發狠，『誰怕擠，下來，讓咱們上。』我夾在中間，進也不是，退也不能。

「不知過了多久，發車了。沒動的時候，大夥只怕擠不上來，可眞的一動，就覺得挨不下去了。現在想起來，那節車大概就有上海高峰時間的公共汽車那麼擠，每平方站八九十來個人，一個貼一個，可我們去的是北京！悶罐子裏只有八個像書包那麼大的氣窗，我們都穿著棉襖，很快就熱得像開了鍋，然而又沒法脫衣服，只能任著烤。車開開停停，別提有多慢，我的內衣都濕透了，可喉嚨像著了火。貼我站的一個女生，掙扎著從口袋裏摸出個生梨，衣襟上擦擦就啃。汁水順她嘴角滴到我袖子上，嗞的一聲被棉花吸跑了。我轉開臉，但躲不掉咔吱咔吱的咀嚼聲，實在受不住這刑，我對她說：『你別吃了行不行。』那女生以爲我心疼袖子呢，便說：『對不起，可我口乾死了。』站在另一邊的一個高個子拉蹦了領子上的鈕扣，舔著焦乾的嘴唇，『口乾？誰不乾啊。水，哪一位還有水嗎！』頓時，悶罐子裏到處都是要水的喊聲，聽得我心都開裂了。

「正在這時，火車停了。車輪滾動聲突然消失後，我們的叫喊顯得那麼單薄。大夥一個個閉上口，車箱裏靜下來，有一陣誰也不知道該幹什麼。後來，有人拉開了車門，一股清涼的風撲進悶罐子裏，打在每個人的臉上，大夥又醒過來，重新擠著，叫嚷著，爭先恐後跳下車去。

「那晚上沒月亮，車外很黑，我睜大眼睛，幾秒鐘之後才看出四周的景物。前面有一小截頹塌的月臺，月臺後是幢大房子，房子兩旁有些短柱，可能原來是道柵欄，但木板已被人扒走。更遠處，還豎了些水塔吊杆之類的東西，但看不到人，也沒有人居住的迹象。看來這是個被廢棄的小站。

「別的車廂的學生也紛紛下了車，大夥四下散開，去尋找水源。我爬上月臺，向大房子裏去。進屋前，我抬頭望望屋檐，那檐下刻著幾個字，因爲水泥都剝落了，字迹模模糊糊的……」

「是些什麼字？你看見了沒有？」羅斯福猴急地問我。

那是四個字，「小店車站」。可我沒看見。串連那會兒，我連家門都很少出，不用說去北京了。奶奶生怕我在外面闖禍，簡直就把我拴住了她的腿邊。不過，她到底也沒能拴多久，兩年之後，一聲令下，我還是被分到安徽插隊去了。這故事，是有一回我在火車上聽一個陌生人說的。

我插的生產隊很窮，幹一天收入只兩三毛錢，即便不窮，我也不願把錢丟在鐵軌上，我想這可能是奶奶沒准我去串連的後果。我們爬過淮南過來的煤車，騎在高高的零擔車上下過浦口，也曾在蚌埠混上南去的快客，又在碩放偷偷溜出車站，自從林立果計畫在那裏伏擊毛澤東的專列，這車站就遠近聞名了。在聊天的時候，我甚至誇口要編一本無票乘車一百例，可那一回，我倒並非一毛不拔。我們買了半票，就是說我和同伴合買了一張票，他直達上海，我則在小店中轉。順便提一句，我那位同伴名叫林肯，命裏註定我要經常和美國總統一塊旅行。

大概聽到了我和林肯的談話，坐在我對面的一個人突然發問：「你要在小店下車？」

我看看那人，上車後，我們倆都沒注意過他。已經是晚上了，車廂裏間隔亮著昏暗的頂燈，那人的臉背著光，隱在黑影裏，我看不出他長的什麼樣。

「沒錯，」我說，「怎麼啦？」

那人點上支煙，深深吸了口。「沒什麼，我還以爲那個小站不停車。」

「原先是不停，從這個月新啟用的。聽說那附近有個很大的軍工廠，方便他們的職工上下班吧。」林肯解釋，接著對我眨眨眼睛，反問他一句，「聽起來你到過那地方？」

「是的，」那人扭過臉，看著窗外的黑夜。「是到過，在幾年前了，偶然的一次臨時停車……」他的聲音裏有一種夢幻般的調子，我想他一定親身經歷過這件事。

「那幢大房子大約過去是候車室，我在裏面找到一個水斗，但龍頭銹住了，怎麼也擰不開。我回到月臺上，從那兒看，我們的火車像是條垂死的大蛇，身體僵了，頭裏還喘著氣。同伴們有些站在車旁，有些東奔西跑，曠野裏回響著他們的叫嚷聲。我走到道口，有個人在那兒撥弄一根柱子，是那個拉開領口的高個子。『來，幫個手，』他對我說，『我一個人弄不動這玩意兒。』

「這玩意是個抽水唧筒，我們倆扳住把手，各伸一腿蹬在筒柱，猛使了一番力氣，把手慢慢起來了，再像青蛙似地懸著身子，把它壓下去。活塞擦過唧筒壁，發出艱難而刺耳的聲音，聽著就覺得它擦過的是我們的胃腸。這樣上下了十來次，突然吧嗒一聲，沖出一團粘乎乎的液體，高個子急忙把腦袋湊上出水口，可沒等我直起腰，他又把水吐在了地上。

「『呸，什麼味，這能喝嗎？』他罵道。我接過一捧，嚐了嚐。水是苦的，有土味，有鐵銹味，還夾著些沙，可還是水；含在嘴裏，立刻生出一片清涼。我們沒喝幾口，好多人圍上來，他們說：『快些嘛，都來自五湖四海，發揚點階級友愛。』說罷，一擁而上，把我們擠出圈外，高個子捏著他喉節，四處張望，『他媽的，附近要有戶人家就好了。』這時，我看到遠處有亮光。

「亮光處離火車大約四百米遠，像是田埂上放著幾盞燈。『走，上那兒去看看，』高個子對我說，『有燈就有人在。』

「『行嗎？火車開了怎麼辦。』我問。

「『沒事，這車一時半刻開不了。』說著，他就直奔燈光處去。我猶豫一下，也跟著跑，在我後面，又有幾個人跟了上來。

「跑了約二百米，我看清那是一間小小的屋子，孤零零立在鐵道邊，周圍都是麥田，沒別的房屋。屋裏燈開著，由於門窗都大開，遠遠看就像是三盞燈。又跑了一會，那屋子漸漸高大起來，窗戶像一雙大眼睛，門像是一張張大的嘴。高個子跑在我前頭八九米，這時腳步慢了下來。我發現那不是門窗大開，而是根本沒有門窗，只有光光的窗洞和門洞。高個子突然站住了，手向前方直伸，指著那屋子，順著他手指，我看見屋裏有個藍瑩瑩的東西。我跑到他身旁，問怎麼啦，他看著我說：『一個女人，一個穿藍顏色雨衣的女人。』

「他的表情嚴肅得叫我吃驚，那時，我們離屋子只有五六米了。」

我對林肯說：「要不，還是你下去吧？」

「那怎麼行，說好了的，你在這兒下，我去上海站等你。」林肯說。

火車進了小店車站。一段長長的斜坡，現出了月臺，一塊好大的站名牌，一棵接一棵的松樹，然後是燈光大亮的候車室。月臺上站著兩三個要上車的客人，檢票員已經打開出口處的鐵門。在車完全停住的那一刻間，坐在我對面的那人突然立起，指著窗外說：「瞧，就在那兒，看見了嗎？就是那間屋子。」

我看見了，不遠的地方，有間孤零零的小屋，亮著燈。我下了車，把票亮給檢票員，說明是中轉，沒讓他剪。出了站，我拐彎走進候車室，等這班車開動後，我敲響值班問訊處的窗口。

「什麼事?」一個老頭揉著紅通通的眼睛。

我把林肯的皮夾子遞了上去。「我在月臺上拾到一只皮夾。裏面有張去上海的車票，還有介紹信和兩毛錢。可能是剛才那班車上哪位乘客掉的。」

老頭看看車票，打開了介紹信。「玆有我社上海知青林肯回家探親，特此證明。安徽省女山湖公社。」他唸了一遍，搖著頭對我說：「這馬虎鬼，把車票都丟了，看他怎麼出上海站。好吧，這事交給我辦了，小伙子，我代這林肯謝謝你。」

「沒什麼，這是我應該做的。」我閃在一旁，聽他接通了上海站的電話，叫那邊的值班員在車到的時候廣播失物招領，然後我出了候車室，在售票處買了張下班去上海的車票。

下班車到站還有半小時，我沒事可幹，順著鐵道向前逛。前面有間屋子，亮著燈，等我意識到時，我離它只有五六米了。那屋子依舊沒有門窗，兩個窗洞像一對深深的眼，門洞像一張張大的嘴。屋裏空蕩蕩的，從天花板垂下一個光禿禿的燈泡，我走到門口，向裏望了望，心想，那晚上穿藍雨衣的女人坐在什麼地方。

「那屋子不是民居，裏頭什麼傢俱也沒有。一個光禿禿的燈泡從天花板垂下，放著慘黃的光，那女人就在燈光後面，身體挺得很直，兩臂抱在胸前，她坐的地方像是個炕，長長一條，堆著些黑乎乎的東西。高個子叫了一聲：『同志，能不能給點水喝。』女人一動不動，像沒聽見。高個子放大嗓門又叫：『喂，屋裏有人嗎？』我推了他一把，『有你這麼問的嗎？沒見人在那兒，走，咱們過去看看。』

「我們走到屋前，把住門口站住。那女人應該看見我們了，可她沒看見，根本沒看。她全身裹在一件藍色的長雨衣裏，不知爲什麼，在屋裏還把雨帽拉得嚴嚴實實的，只露著一雙膠鞋在外頭。也許因爲雨帽的關係，她的臉顯得異常蒼白，幾乎不帶血色。她兩眼大睜，死死盯住我們頭頂上方的某一點，像兩個窗洞，沒有任何表情。我看不出她的年齡，望著她，似乎是望著一尊藍色的蠟像。

「她的身下不是炕，是一堆磚垛，排得很齊整，放滿了一面牆。在她身旁，那些黑乎乎的，也不是東西，是人，幾個穿灰色和黑色棉襖的男人，側臥著，仰躺著，蒙頭抱腿，都睡得很沉，沒一個發覺我們來了，我抬腿想跨進門檻，被高個子一把拉住，我嚇了一跳，幾乎就在我腳邊，在門兩旁的牆跟下，也有三四個睡倒的漢子。

「一陣風吹過，高個子縮縮頭，攏緊了衣領。我數了一遍，屋裏共有十個男人，五個躺在磚垛上，五個踡在牆角。幾個人在打鼾，那鼾聲太響太有節奏，叫人聽著彆扭，我定神看了看，發現門邊那兩個漢子睫毛微微在抖，臉上的肉都緊綳著，顯然他們並沒睡著，只是裝睡，可爲什麼要裝？爲什麼！我不明白。

『你們在門口幹什麼？要到水了嗎？』

「跟在後面的幾個人都上來了，啃梨的女生問我。我讓出門口，叫他們自己去看；他們一見屋裏的架式，臉色也有些呆板。那女生衝著屋裏高聲喊：『喂，你是不是病了？』穿藍雨衣的女人還是不回答。我拾起一粒石子，朝她扔過去，撲地一聲，正打中雨帽，石子從她頭上滾到胸前，又從胸前落到膝上，可她連眼皮都不眨一下，像沒感覺似的。我看看那女生，那女生也看看我，有一種詭異的東西從屋裏傳到我們身上，我說不出是什麼。只覺得一股涼氣從腳跟慢慢爬上，凝結在後腦勺。

「雲在天上飛快地跑，剛吐出幾顆暗星，轉眼又吞下。大夥呆呆地站在屋前，誰也說不出話，都忘了來要水的事。雖然這只有幾秒鐘，在我們的感覺裏卻很久很久。後來，列車那邊傳來同伴們的嚷嚷聲，高個子說：『我們回車廂去，多叫幾個人來。』我們按原路跑回，我落在最後，剛跑兩步，火車突然拉響了氣笛，這長長的笛聲好像預示了我什麼，我回過頭，又望了望那女人。她還是那樣，兩臂抱在胸前，毫無生氣地坐著，像一尊藍色的蠟像。借著燈光的反射，我看見她臉頰上一亮，似乎是有顆淚珠滾了下來，不過我不能肯定。」

額上一涼，一滴水順著我臉頰滾下來。下雨了，道旁的燈光裏，雨點像一根根鍍鎳的鋼絲。我估計時間差不多了，下班車很快就會到小店，再過一會兒，林肯也將從上海站的廣播裏聽到自己的名字。我向那屋子投去最後一眼，正想回候車室去，這時，身後突然響起一個女人的聲音。

「同志，你去一二三廠嗎？」

我啪地轉過身，如果說聽到聲音時我的心猛一沉，那當我轉過身後，這顆心就墮入了無底深淵。我兩腿直軟，喉頭陣陣發緊，站在我面前的，是一個女人，一個穿著藍色雨衣的女人。

「同志，我想問一下，你是不是要去一二三廠？」她又問了一句。

她全身裹在一件藍色的長雨衣裏，兩臂抱在胸前，雨帽拉得嚴嚴實實的，但有一束髮絲露在頸邊。燈光下，她的臉色有些發青，可能也是因爲雨帽顏色的關係。我看不出她的年齡，但她的那雙眼睛閃閃有神，我想她不會太老。我咽下一口唾液，好容易穩住自己。「你想幹什麼？」

「我要去一二三廠，」她說，「那邊有輛三輪車，可要價太厲害。我想如果我們同路的話，可以一人分擔一半車費。」

我吐了一口長氣。「那你找錯人了，我不去什麼廠，我在等下班車去上海。」

「去上海？我看見你剛從去上海的車上下來呀？」她驚訝地問。

「關你什麼事！」我答得很粗暴，連我自己都不知道爲什麼要這樣。「我高興下來就下來，高興上去就上去，你管得著嗎？」

她後退一步，雙臂從胸前放了下來，我看到她眼睛裏閃過一絲驚恐的神色。「對不起，」她小聲說，「我只是隨便問問，你不去就算了。」說完，她扭轉身，小跑步似地離去。

雨下大了。雨點打在地上撲撲地響。暗淡的燈光，照著她那遠去的藍瑩瑩的身影。

「那女人後來怎麼樣？小屋裏究竟出了什麼事？」羅斯福捏緊拳頭追問。

「不知道，」我說，「沒人知道，除了他們自己。火車一遍遍鳴汽笛，等我們跑回車廂邊，輪子已經開始滾動，同伴們連拉帶扯把我拖上車，接著推上了鐵門，我們又被關在熱騰騰的悶罐子裏。車到南京，我堅持不住，終於下了車。在城裏玩了幾天，領來一張船票，從水路回到上海。我的大串連就此結束，打那以後，我再也沒到過這個叫小店的地方，可我也再沒能忘掉它。」

「就這麼完了？」

「就這麼完了。」

「這算什麼故事，」羅斯福瞪著我，一臉受騙上當的表情，「連個結尾都沒有。大概是你編出來哄我的吧？」

「不是哄你。」我說。

火車進了小店車站，一段長長的斜坡，現出了月臺，一塊很大的站名牌，一棵接一棵的松樹，這些樹比我上次看到時高了好多。我貼緊車窗向前看，那屋子不見了，在它該在的地方，現在矗起了一個巨大的庫房。

「不是哄你，」我說，「這故事是我親身經歷的，我看到的就只這些。正因爲不想哄你，我才沒胡亂編上個結尾哪。」

那天晚上，在那間小屋前，那個穿藍顏色雨衣的女人眼裏閃過一絲驚恐的神色，她退後一步，小聲對我說：「對不起，我只是隨便問問。」接著，就匆匆走了。我尾隨著她，也回到候車室。不久，下班車到，我第一個剪票上車，問訊處的老頭跟在我後面，把林肯的皮夾交給了列車長。我找了個靠窗的位子坐下，在車開過道口的時候，我看見一輛三輪車，載著那藍瑩瑩的身影，冒著濛濛的雨，衝進無邊的黑暗裏去。

—關於行規的閒話—

宴會開到一半，大家解開了領帶扣，頭髮絲裏冒出一縷縷熱氣，服務員托着盤子從門外進來。老蔣輕輕踢了我一腳，眼睛裏露着沉思。「注意了，這是這家賓館的名菜，水晶蝦仁，料都選鮮蹦活跳的河蝦，在別處你可吃不到。」

「他說什麼?」大楊連連拉我的袖口。

「你急什麼!」我甩開他的手，「他叫你看準了，別漏了這道菜。你看，讓廠長聽見了吧。」

大楊猛然挺直，兩手規規矩矩擱上桌面。我只是想嚇唬他一下，其實廠長根本沒顧到我們這邊，他臉上現出一塊錢人民幣的顏色，正跟伊藤和進出口公司的王經理談得火熱。我一直在想這伊藤是在哪兒學的漢語，他說得極流利，像是還帶一點膠東那邊的口音。老蔣說他大概在那裏打過仗，撕拉撕拉地幹活。多半是這麼回事，跟他談判眞有點打仗的味道。他不動聲色，可一發現你的弱點，立刻步步爲營，全線緊逼。

服務員把蝦仁端伊藤前面去了。老蔣喉頭咕嚕一響，卻像安慰似地對我說：「沒事，這是他們的行規，要從主賓那裏分起。」打自去了一次日本，他好像長了不少見識。服務員給經理廠長派過了菜，把盤子放在轉臺上，向我們這邊推來，我和老蔣握緊調羹，這時，廠長端着酒杯站起來：「諸位，讓我們爲伊藤和先生的進一步合作而乾杯。」

我們眼盯着蝦仁，喝下了酒。剛坐下，伊藤又站起來：「諸位，我們艾卡公司竭誠爲中國現代化服務，請爲你們的『四化』乾杯。」

服務員一伸胳膊，把菜盆收走了，盤底還有十來個蝦仁，水晶得像新月似地望着我們。大楊情不自禁地叫出了聲：「哎……」

服務員站住了，廠長和伊藤轉過臉，大楊面色發青，搖晃着舉起酒杯：「爲艾卡，艾卡公司乾杯。」這杯酒喝得我頭直暈，手心裏一把汗。

宴會散了，我們讓出路，讓客人先走。伊藤走到我身邊，居高臨下地笑笑：「方先生，很遺憾你這次沒能去日本，如果以後有機會實習，請一定到艾卡公司。我們公司對你這樣年輕精明的技術人才，向來是非常器重的。」

我說：「伊藤先生，我可眞想去，不過聽說你們那兒的小職員逢人就得鞠躬，我頸椎肥大，恐怕不一定受得了。」

廠長送伊藤回西郊飯店，老蔣搭他們王經理的車，剩下我和大楊步行回家。走出賓館，我一把拽住大楊的衣領，「怎麼回事，我費了多大勁，把伊藤殺到二百九，怎麼合同簽下來還是合三百萬美元！」

「你對我嚷什麼，」大楊說，「合同是廠長和王經理在日本敲定的，我可是和你一樣，哪兒也沒去呀。」

「不行，我得找廠長問問去。」

「你問他幹嘛呢，這不是你的事。」

「怎麼不是我的事，你沒聽伊藤那小子拿話刺我嗎！」

「那你去問老蔣吧，」他說，「他不也跟去開洋葷了，他準知道。」

穿着入時的男女三三兩兩擦我們身邊過，丟下股黏呼呼的香水味。他們的鑒賞力不差，這條街是市裏最高雅的地方，法國梧桐低低壓頭，濃密的樹影裏透出五彩燈光，路旁電話亭裏，有兩個人擠作一團，看不清是在打電話還是在親嘴。我對大楊說：「去喝杯咖啡怎麼樣？」異國情調的咖啡館裏飄着異國情調的音樂。

「誰請客？」他問。

「你是技術科長，我是你的屬下，當然該你請客。」

「請客就請客，不過我今天吃得太多了，一口水都喝不下。」

「是嗎？」我說，「咱們爲艾卡公司乾杯。」

二

我從口袋裏掏出鑰匙，打開了門。門裏漆黑一片，五樓還是四樓哪家在看電視，有個女人聲嘶力竭地吼：「我愛你，我永遠愛你。」你愛吧，我說。我閉上眼，踏上過道。過道牆邊應該堆着五輛自行車，得靠右走，一二三四五，到了，我伸出手，摸到了樓梯。我不愛你。樓梯又陡又窄，只能用腳掌着地，要注意保持重心。一二三四……上十九級，向左轉，踏上一步，一二三，再走三級，然後向右轉，再是十九級。我睜開眼，面對着門一扇。這門裏就是我的家，嚴格地說，是我岳父的家，他是戶主。

黑皮有一回到我這裏來玩，臨走時一本正經對我說，「方平，你得搬個家。」他不知在哪兒翻過一本看風水的小册子，自以爲精通堪輿之道，「你看看這房子，進門一側身，登樓一低頭，翻兩座山，七彎八拐，你住在這兒，後半輩子絕對順不了。」我說，「你叫我換房子？你幹嘛不叫換個老婆呢？」他小子發了財，買了套私房，他忘了在這城市房子要比老婆難找得多。

妻子躺在床上看書。「你回來了，吃得好嗎？」她從十六歲起就染上了這種病，臨睡前總要看幾頁才子佳人之類的浪漫小說。

「剩沒剩泡飯？」我問，「要有我還能來兩碗。」泡飯沒了，我洗過腳，換上拖鞋。一幅白被單掛在屋子中間，像道柏林牆似地分割着這十平方米。岳父帶着兒子睡在「西柏林」。「你輕一點，」妻子說，「爸爸今天不太舒服。」

我輕輕上了床，關掉燈，把被子拉到胸口。一股溫馨的香氣從被子裏上來，讓我想起那盆水晶蝦仁。我向身旁摸過去，抓住了妻子的手，我們的掌心都滾燙滾燙，我撐起身子，突然，岳父在「西柏林」一聲咳嗽，那聲音聽起來就像是美國佬把潘興十一式導彈放上了天。

妻子甩掉我的手，一翻身睡遠開去。我想提醒她別滾下床，再想想何必找來挨駡。樓上，那女人又開始慟哭了：「眞的，我愛你，可我愛的不是你的現在，是過去那個正直上進，容不得半點墮落的小伙子。」滾你媽的，我說，過去的那個小伙子才墮落呢，要不他怎麼也不能在導彈的陰影底下弄出個兒子來。

三

在車站就能望見老蔣家的老虎天窗。那幢房子眞可以說是一部中國近代史，小刀會時期的建築，歷經幾次革命，東西洋人的砲擊，紅衞兵的板刷，工業汚染和房管處大修之後，居然還能住人，這也確實能算個奇蹟了。

他做了個邀請淑女跳舞的姿式，把我讓進屋。我輕輕贊嘆一聲，猩紅的地毯，淡黃的糊牆布，整套乳白色的組合傢俱，嵌在天花板裏的頂燈，飾着亮閃閃銅釘的席夢思床上舖着金色的床罩。我說，「老蔣，讓你當進出口公司的業務員不是太埋沒天才了嗎，你怎麼不去參加家庭布置電視大賽？」

「傻瓜才參加那個，」他說，「才高遭妒，眞人不露相，出頭椽子先爛，人怕出名豬怕壯，癩痢頭兒子自己喜歡。」

「不過看房子的外表那就太不相襯了。」

「這是兩回事，」他聳聳肩，「外表是國家的事，國家丟臉，屋子裏不行，那可是我自己丟臉啦。」

我在屋裏考察了一遍，看見組合櫃裏有一架松下二十吋彩電，擠在洋娃娃和幾本時裝畫報中間。「你發現了？」他笑眯眯說，「這是咱們十字軍新東征的戰利品。」

「艾卡公司送的？」我問。

「他們肯嗎？是我從牙縫裏省出來的。我現在回想起來都害怕，整整兩星期，除了伊藤請我們嚐了兩次生魚，每天不是餅乾就是熟泡麵，都是從這兒背去的。上帝，有幾天我眞要打退堂鼓了，心想再這麼下去不生胃癌也得壞血病，可再想想，別人八年抗戰都熬下來了，咱不就是半個月嗎，而且我們經理和你們廠長也這麼幹，我能顯着比領導嬌氣嗎？你說是不是，方平。」

「除了這個，還有別的收穫沒有？」我又問。

「沒有，至少我沒有。」他忽然警覺起來，「你小子打聽這個幹什麼？」

「不幹什麼，只是想知道你們爲什麼要讓艾卡公司多賺十萬塊錢。」

老蔣笑了，笑得糊牆布後面的板壁噼里啪啦亂響。「你這人眞是，怎麼來問我，該找你們廠長去呀。你想想，我們進出口公司是吃什麼的？」

「進出口吧。」

「對啊，我們是官商。怎麼擠眉弄眼的，沒聽到過這詞？你可別說你純眞得像十五單三歲的姑娘不知道睡覺是怎麼回事！我們就是官商。官商有官商的行規，雁過拔毛，不管你是進還是出，都得從我們道口走，給咱留下百分之幾的佣金，成交額越大，咱抽得越多。你說我們總不能硬推開送到嘴邊的肉吧。」

大概是沒人能推開送到嘴邊的肉，老蔣留我吃飯，我就留下了，也沒客氣一句。他買了些熟菜，又開了兩罐生力啤酒。我問他到底還有多少戰利品，一塊拿出來算了。他發誓說再沒了，這啤酒是他臨飛回國時從旅館裏「三光」來的，還不知道吃在哪個寃家的頭上呢。

四

「你的電話。」大楊說罷白了我一眼

我接過聽筒。「喂？」

「方平嗎，你聽聽我是誰？」一個女人的聲音。

「我怎麼聽得出你是誰呢？」

「你猜一猜嘛，前兩天我們剛通過電話，怎麼一轉臉你就把我忘啦，你可眞是個大忙人啊。」她聲音尖尖細細，聽着肉麻得很，但確實有點耳熟。

「你唱支歌行嗎？十五的月亮，唱完我就知道你是誰了。」

「去你的，虧你想得出，好好猜猜。」她笑了，於是我也知道她是誰了，沒人能改變自己的笑聲。

「啊，我猜到了，你是小趙對吧，怎麼樣，我托你辦的事有眉目了嗎？」

「什麼事呀？」

「好嘛，兩天前托你辦的事，一轉臉就忘了，你才是個大忙人呢。就是那件事，讓你跟踪我老婆嘛。」

大楊在辦公桌對面翻出白眼，我想電話那頭的人準也翻起了眼白。「什麼？跟踪你……啊，可這件事，我覺得不太好吧……」

「沒什麼不太好的，她不仁我也不義。眞的，她有個第三者，晚上說夢話時讓我聽見了。喂，怎麼沒聲了，我對你說，你得親自跟踪她，看她和誰約會，可別冒充什麼人和她打電話。」

「你放屁，方平，」她終於不再尖聲細氣的了，「我說了什麼夢話，啊！你說呀，我跟誰約會啦！」

「沒有不更好嗎，記住我一句忠告，別冒充人打電話，跟踪最好。」我好容易忍住，沒笑出來。「哎，你到底有什麼事，不能等到我下班再說嗎？」

「哼，回家和你算帳。方平，我聽說你們廠裏造的宿舍樓已經完工了？你爲什麼不告訴我！你聽着方平，我們家這回無論如何得分一套，要是再弄不到手，哼，你以後也不必住在我爸爸家了。」

她像拍驚堂木似地，一把掛斷電話，震得我耳朵嗡嗡直響。大楊放下報紙，搖搖頭，「你惹出什麼事了？」

「大事，天大的事，」我對着電話發了會愣，「我得去找廠長說說。」

「別去了，」大楊說，「那事我已經和廠長談過了。」

「談過什麼了？」

「合同呀。廠長說，我們廠要艾卡公司每年提供一定數量的K3散件，把他們逼得太緊，怕以後會卡我們，進出口公司也是這意思。」

「為了往後每年讓他們賺幾十萬，現在先多給他們十萬？這叫什麼計，《孫子兵法》裏沒有。不過大楊，你說得對，這不是我的事，我找廠長是為了我自己的事，問他要套房子。」

「眞的，你那房子實在沒法住。」他皺起眉頭，伸手摸了摸屁股，好像那兒的青腫還不曾消退。電話鈴又響了，他伸手去抓報紙，可發現那報紙已經到了我手中。鈴聲大約響了有二十次，我才聽見他唉聲嘆氣走到電話機旁。就那麼巧，電話又是找我的，我沒去看大楊的臉，想像得出那兒準是一片撒哈拉沙漠。這回是一個男人的聲音。「方先生？是方平先生嗎？您還記得我嗎？敝人姓劉啊。」

「我知道你姓劉了，」我說，「可姓劉的成千上萬。劉曉慶也姓劉，你是她嗎？」

「不敢，敝人劉富財。」

我想起一張胖呼呼福搭搭的臉。「等等，你是JO公司的劉富財先生？富貴的富？發財的財？」

「您客氣，您客氣，正是敝人。」

我捂住話筒，對大楊說：「是公事，法國ＪＯ公司辦事處的劉富財，你還記得他嗎？」

「不管什麼事，反正是找你的。方平，我從沒指望你把我當科長看待，可就算是同事，你也不該老讓別人替你接電話吧？」

「別太小氣了，」我說，「要是你能叫廠長分我一套房子，整個廠部的電話我都包接。」

五

星期天，妻子起了個大早，拖了地板，擦了窗戶，把罈罈罐罐抹得鋥光瓦亮，還意猶未盡地在屋裏打量來打量去。「方平，你看怎麼樣？」

「很好，」我說，「當然囉，你就是不忙這一下子也很好。」

她走近我，兩眼睜得有乒乓球大，蘭花指頭像小手槍似地頂上我腦門。「喂，你們廠長到底來不來，大概你又是在騙我吧。」

「大楊說廠長一定來。我怎麼騙你啦，而且還是『又』，這讓鄰居們聽去了，會把我想成什麼人？」

「你本來就是那種人，結婚時你說你很快就能配到房子，現在兒子都幾歲了！快起來，我要去掃樓梯了。」

有時候我覺得，女人的名字並不是脆弱，而是目光短淺。比如說這早上的事，廠長是爲了體恤下情來的，不是搞愛國衞生評比，我們理當把屋子弄得越髒越亂越擠，才越能體現出處境的窘迫。可她就看不到這一層，一個勁地掃啊理的，好像生怕沒人知道她會把家。當然這道理我也沒對她說，犯不着在小事上糾纏。看起來男人的優點也並不是深謀遠慮，而在於息事寧人。

她打掃樓梯去了，我想提醒別用水拖，偏偏兒子這時又來打岔，他手一比，口裏啪一聲，非要我中彈倒下。在死過三十八次之後，我完全沒了耐心，正巧弄堂裏來了個換破爛的老頭，挑了些麥芽糖勾引孩子們的心。岳父櫥底有一雙舊皮鞋，放那兒總有二十年了，上面盡是灰，可能還是志願軍在朝鮮戰場上穿的。我丟給兒子。「拿着換糖去吧。告訴那老爺爺，這是革命文物，得多換點。」

大楊沒失信，眞把廠長給拉來了。妻子給他們端上茶，要不是我拆了「西柏林」那張床，四個人在這屋子就沒法轉身。

「你們一直住在這兒？」廠長問。

我點頭稱是，「還有她父親，我們是四口人，老中青三結合。」

廠長搖搖頭，「唉，那你們住得可夠難的。」

「也不算太難，」我說，「比起世界上三十億還在水深火熱之中的勞苦大眾，那算好上天啦。」

「那是那是，」廠長挺受感動的模樣，「都怪我太官僚了，你進廠那麼多年，我還不知道你的具體苦處。放心吧方平，好好幹，住房的問題我會放在心上的。」

老岳父從公園打太極拳回來，寒喧一陣，廠長告辭。我們送他出房門。「廠長你留神，」大楊說，「這樓梯陡得很，上回我——」

「沒事沒事，」他走下一格樓梯，「哎呀，老人家別出來了，留步留步，」他扭過頭，揮手和岳父道別。我心想糟了，這念頭還來不及閃出腦海，廠長就像踩上了陷阱，六尺左右的身軀突然在我們眼前消失了。樓梯一陣顫動，彷彿有塊大石頭從山巔滾下了峽谷，我閉上眼，聽到他壓過每級階梯的聲音，一二三四……滑下十九級，滾向左，再一溜三級，滾向右，再直落十九級，然後啪地一聲巨響，萬籟俱寂。

大楊、我、還有妻子和岳父都呆了，誰都挪不動腳，下樓去看看廠長是死是活。總過了有三四秒鐘，從峽谷底上來一聲呻喚，我和大楊飛身掠出，三步併成兩步往下竄，一邊大聲叫：「廠長，你怎麼樣？」

「沒事沒事，」只聽他有氣無力說，「方平，麻煩你，端，一把，躺椅，下來，行嗎？」

六

劉先生就在廠裏宴請伊藤的那家賓館下榻，我熟門熟路，走到總服務臺問他的房間號碼。「向左拐，二〇一室。」服務員連看都不看我一眼。我向左拐，聽他在身後對什麼人說，「太陽從西邊出來了，今天竟有個男人來找劉胖子。」

「劉先生？富貴發財？」

「您客氣您客氣，快請裏面坐。」他滿臉堆笑，請我進屋，團團轉着拿香煙飲料。我覺得他像是又胖了些，幾個月前我和大楊和他接觸過，原先考慮買JO公司的生產線，因爲報價不合適，我們才找上伊藤的。

「方先生，」他向我敬煙，「那筆生意後來不知怎麼樣啦？」

「我們已經和日本的艾卡公司簽下合同了。怎麼，你找我來想談這件事？難道你們還沒死心嗎？」

「哪裏，」他笑着說，「我隨便說說，買賣不成人情在嘛。我們搞銷售的有條行規，成不成交看運氣，可絕不能拆同行的臺。」

我連抽了劉胖子幾支萬寶路煙。自從和外國人談判以來，抽外國煙抽慣了，現在覺得國產貨不過癮。「您喜歡抽這個牌子吧，」劉胖子好像也看出來了，「我這裏還有兩條，您拿去抽吧，我知道你們的商店裏不好買。」

他起身要去取煙，被我擋住了。「怎麼啦，沒關係的，」他微微一笑，這笑容眞叫我討厭，好像底牌都抓在他手裏。「方先生，」他說，「我可沒有別的想法，您看您在這裏也是抽，拿回家也是抽，這不一樣嗎？」

「不一樣，」我說，「我抽你的煙不白抽，我也回敬你，」我從口袋裏掏出煙，放在茶几上，「不過我這是飛馬牌，四角多一包，煤焦油含量高，你不願抽，我們是朋友，所以也不說你看不起我啦。你看，我也有條行規，不欠人情。」

劉胖子又笑了，換了個話題。「不是我多嘴，」他說，「你們跟伊藤打交道可得小心些，他太精了，艾卡公司產品的質量……」他狠狠搖了幾下頭。

「那是自然，艾卡的系統不能和你們JO公司比，但問題是他們報的價也低啊。」

「一分價錢一分貨嘛，JO系統是全世界首屈一指的，怎麼說也不能算貴。」

「你說得都對，我也知道，可我們就這點錢，」我指着茶几上的香煙，「就比如抽煙吧，難道我不懂你這萬寶路比我的飛馬好？可我爲什麼又要買飛馬呢？」

劉先生看着我，目光裏有一種高深莫測的意味。「我是擔心貴廠會不會因小而失大？我想伊藤說不定要在合同裏塞進條附加款，比如必須從他們那裏進K3散件等等，這可是他的一貫手法。要是貴廠買敝公司的產品，就可以省去那筆外滙，發展你們自己的散件囉。」

「劉先生，這回可讓你猜對了。」我對他說。接着，我又對自己說，你才沒猜對呢，劉胖子，「貴廠」廠長就怕伊藤以後不肯賣散件，爲了這還預付了十萬元定金。

七

下面車間的工人老看我們科室幹部不順眼，那天廠長開會，說第一線在拼命幹活，而科室裏還一杯茶，一支煙，一張報紙大半天，難怪別人有意見。我們反駁說，這不是妒忌就是十足無知，飲茶抽煙是交際的重要手段，讀報則更不可少，我們是處在信息革命時代呀，一條新的信息，往往比幾百工人幹一個月還管用。廠長皺皺眉頭，但也不敢說我們不對。

我放下報紙，對大楊說，「喂，你看過今天的報紙嗎？」

「看了，」他說，「六頻道有個美國電影。」

我一下摁滅了大半支煙。「大楊，你怎麼像我岳父一樣，看報只注意電視節目預告呢。」

「還能怎麼樣？下班回家，看個精彩電視，然後上床睡覺，萬念皆空，也算沒白過這一天了。你要我看什麼呢？」

「看看別的，比如說國際經濟新聞。」

「國際經濟，」他拿起報，一幌又放下，「方平，我說你倒該去看看廠長。他病假幾天了，屁股腫得——他可是在你們家摔壞的。」

我大笑。「他來了一次，就摔壞了，我們家老泰山每天得在那樓梯上下幾十次，七十多歲的人了，也沒誰擔心過他會不會摔死。」

「你可不能昧了良心，」大楊有些不高興，「不管怎麼說，廠長是爲了房子的事才去你家的。」

「好了，你說得對。」我想不管怎麼說，廠長是被他拖來的。「放心吧，廠長沒事，至多後天他就會到廠裏來了。」

「你怎麼知道？」

「這就是看報的益處了，」我故作神秘說，「世界上畢竟還有些事情比屁股更重要啊。」

有個電話進來。爲了表示我領情，我搶在大楊的前面。「要方平聽電話。」一個女人的聲音。我想怎麼又來了，她不明白第一次是喜劇，第二次就是鬧劇的道理？

「方平不在，」我說，「他陪兩個姑娘出去看電影了。」

「你少囉嗦，快給我下來，我就在你們廠門口。」

「上班時間禁止會客，這是我們廠裏規定的。」

「你他媽下來不下來？你不下來，我就上樓了！」

我目瞪口呆放下電話。大楊問：「你又惹什麼事啦？」

「不知道，」我搖搖頭，「怕是比天還大的事。螞蟻上樹佛跳牆，每天晚上要看愛情小說的女人開口罵娘，這城裏不是要地震就是在醞釀革命了。」

妻子把在廠門口，劍眉怒豎。「爸爸住院了，你知道嗎？」

「住院？爲什麼住院？」

「他昏過去了。」

「打太極拳還能讓人昏厥？這倒是該引起注意的。」我說。

「胡說八道。我問你，爸爸櫃子底下的那雙舊皮鞋，是你讓兒子拿出去換糖的吧！」

我後退一步：「是又怎麼樣，把小手槍放下，讓人看見像什麼樣子。那皮鞋，你想放到革命歷史博物館去展覽，也得問別人收不收呀。」

「你放屁！我警告你，要是爸爸有什麼意外，你就是殺人兇手。他買了十張住房儲蓄有獎存單，全藏在那雙鞋裏！」

「他買了什麼？」我又問一遍。

「住房儲蓄存單。五十塊錢一張，十張五百塊，他從退休金裏省出來的，讓你去換了兩塊麥芽糖。」

我認了晦氣。我知道眞有不少老年人喜歡幹這種事。「可他幹嘛看中那雙皮鞋呢？就算他不相信人民銀行，也該找個可口可樂罐埋在地裏。唉，還眞有錢買那種玩意兒，連利息都白白送人了。」

「他也是好心，想解決我們的房子問題。方平，現在你說怎麼辦？」

她就是這樣，脾氣得由她發，可拿主意卻又要來問我。「怎麼辦，」我說，「還能怎麼辦，我們的存款總還不止五百吧，把錢還他。其實不還也罷，反正老頭的錢遲早歸我們兒子。」

「你想得美，」妻子嘆了一口大氣，「要就是五百塊錢的事，我也不會這麼着急。爸爸認定了這回他能中獎，他說兩室一廳的套房至少値兩萬呢。」

「豈有此理，」我急了，一蹦三尺高，「他憑什麼會中獎，十萬戶一個開獎組，才兩套住房，○·○二%的可能性，不就等於沒有？他認定能中獎，難道他也懂黑皮那種邪門歪道？」

「他就這樣想，我有什麼辦法，」妻子望着我，兩眼淚水汪汪，「是你弄出的事，你快去找找那個換破爛的老頭。要是爸爸想不開，真有三長兩短……」

「好啦好啦，我去找就是，你回醫院去吧。」我把她送到車站，然後回到辦公室，點上一支煙。在這幾百萬人口的城裏找一個老頭，這可能性又比〇・〇二%小多了，簡直是大海撈針。我拿起報紙，翻到中縫處，我想碰碰運氣，在電視節目預告上面，會不會有失物招領的廣告。

八

「大夥都發表一點意見嘛，我們現在該怎麼辦？」廠長說得像求情似的。

大夥圍着長桌坐，可沒人發表意見，都盯着自己手裏的報紙。國際經濟版上有一塊豆腐乾大的新聞，大標題是「日政府再次宣布日元升值」，小標題是「兩月來日元對美元比價已上漲四〇%」。

「小日本把我們給坑了，」廠長又說，「他早不升值，晚不升值，偏偏鑽我們簽過合同又沒付款的空子，這不存心跟我們廠過不去嗎。我們原圖個便宜，這下好，漲價四〇%，連

JO系統都沒那麼貴，早知道這樣，我們不會去跟法國佬作交易嗎！」

「還不光這些，」我說，「你合同裏寫着往後每年從艾卡公司進那麼多K3散件哪。」

「可不是嗎，」廠長痛不欲生，「我們上哪去弄那些個外滙，原材料一提價，產品也得跟着提，國內市場競爭那麼激烈，叫我們賣給誰去！」

他用力捶了下桌子，差點把茶杯弄翻了，接着雙手緊抱住腦袋，一聲不吭。我想起一句俗話，顧頭不顧腳，不由暗暗好笑。可別的人沒一個想笑的。大楊眼觀鼻、鼻觀口、口觀心，老蔣一個勁抽煙，他們王經理翹着二郎腿，兩眼死望着天花板。我很知道他在望什麼，那天花板上水迹斑斑，像幅世界地圖，經常開會時我也沒少望。

「你們倒是說話呀，」廠長哀鳴，「就算救我一命行吧！」

我忍不住插了句嘴，「這種事其實早該想到了，當初定合同就得堅持付美元，如果日本人不同意，可以選一種穩定貨幣，比如瑞士法郎什麼的，再不然，也可以注明依照合同簽定日的滙率付款。這樣誰也吃不了虧。」

「馬後炮，」廠長說，「那時候你怎麼不說！」

「那時候你也沒問我呀。就是我想說，恐怕你也聽不見，我們中間隔着個日本海呢。再說，這只是個常識問題，王經理他們是幹進出口的，還能不懂這一套。」我順手將了王經理一軍，叫他不好意思再欣賞世界風光，廠長看着他，「這個，」他呑呑吐吐，「這常識我們當然很清楚，不過……」

「不過什麼？」廠長心急火燎。

「不過他們官商有官商的行規。」我笑笑說。話剛出口，小腿一陣巨痛，像是輛十噸卡車撞上了我。

「你說他們有什麼行規？」廠長問我。老蔣不動聲色吐着煙圈，可射向我的眼光卻像飛刀似的。

「沒什麼，」我咬住牙關，「我說他們大概盼着日元狂跌，好讓我們廠賺上一筆便宜。」

「是的，是這樣，」王經理點頭說，「國際金融變幻莫測，你們外行人是看不出門道的，我本來估計中東局勢會迅速惡化，要是石油提價，日元準得大跌。」

「那現在我們怎麼辦，」廠長問，「能不能要求中止合同？」

「不行，」王經理斬釘截鐵，「那就叫毀約，要付罰款的。再說我們也不能失信於人。」

「那我們就等着破產嗎？難道就非得把這碗毒藥喝下去嗎？」廠長面色慘白，捂上了眼睛，好像眞有誰逼他喝毒藥下去。老蔣點燃煙，王經理又望那地圖，大楊不敢看廠長，卻一個勁地看我，於是我又耐不住了。「看運氣吧，」我說，「開局開壞了，現在只能等別人走臭棋。廠長，你相信機遇嗎？有時候買一張住房儲蓄存款都能中個頭獎。」

九

老朋友黑皮棄工從商時說過，機遇是無所謂有無所謂無的，就像魯迅筆下的路。伊藤來函的那天，我突然想到了這句話。「嘿，他請我們吃飯。」大楊驚奇地叫道。我再看廠長，只見他捧着請柬，雙手不住地抖，像接到了法院的傳票。

我們心神不定赴了宴，在飯店門口被伊藤迎住，挨個大握手一番，他準是運上了空手道的暗勁，上桌後我連蝦仁都挾不起來。廠長更是食不甘味，看他幾次想開口說什麼，都被伊藤擋下勸酒。大楊悄悄對我說：「怎麼王經理和老蔣沒來？」我暗忖這多半是個鴻門宴，但是猜不透伊藤在哪兒伏着兵，意在何爲。

酒喝得差不多，大家鬆開領帶扣，廠長臉上又現出一塊錢人民幣的顏色，項莊上場了。

「我公司遇到了一點麻煩。」伊藤沉重地說。廠長拚命點頭，深有同感，我們廠的麻煩實在比日本人更多。

「艾卡公司決心要為中國的四個現代化出力，所以我們無保留地向你們提供先進技術。K3散件是目前世界上性質最好的高級電子元件，可以應用於許多尖端產品，一向屬於禁運物資。我公司賣給貴廠，也是表示友誼的誠意。但是，有人走漏了消息。」伊藤神色嚴峻，挨個看過我們三人的臉，我心裏不由一凜。

「按你們中國人的說法，某些無恥小人不願看到我們合作，他們企圖破壞中日兩國人民用鮮血凝成的友誼，所以他們向巴黎統籌會告發了艾卡公司。我已經查明這小人是誰了，我們不會忘記這件事。」

「鑒於東芝的先例，我公司不得不對合同進行一點修正，」他口氣一轉，又堆出笑容，「不過你們不必擔心，艾卡決不會讓貴廠的生產受到影響，K3散件不讓出口，我們可以提供組裝件，性能是完全一樣的，當然，價格稍微要貴些。」

「還要貴？」廠長立刻歪了半邊臉，像是牙痛。

「只貴一點兒，」伊藤忙解釋，「可貴廠並不吃虧呀，反正散件總得經過組裝才能安進整機，我組裝，你們廠就省去一道工序了，我們日本的組裝工藝一定不會比你們差。」

我舉起手裏的杯子，對着燈光晃晃，看那純淨的啤酒一串串冒起氣泡，然後我把那酒一飲而盡，頓時胃裏一陣爽快。「伊藤先生，」我說，「你別客氣，艾卡的工藝自然比我們強到了天上。不過很可惜，我們只能按合同辦事，除了K3散件，什麼件我廠都不要。」

伊藤愣了一下，「方先生，我可以保證，組裝件的質量將超過散件，你們沒有理由非要散件的。至於價格，我們雙方還可以進一步協商嘛。」

「這不是個價格問題，我們就是要K3散件，說不定我們還想把它轉賣給造雷達的廠呢。」

伊藤有些失態了，他板着臉說：「在目前這種情況下，我公司無法向你們提供K3散件，希望體諒我們的處境。」

「伊藤先生，」我說，「像你這樣精明能幹的談判家總不會不懂做生意的行規吧，巴黎統籌會不是昨天剛成立的，當初談判時你就該想到這一點。要是不能提供K3散件，那你們就毀約了，我廠拒絕履行合同，並要向貴公司索賠。」

十

廠長沒讓我們去跟艾卡公司打官司，能回掉那筆生意他就謝天謝地了，哪還敢想人家的錢。他的大道理讓我們也折服了，國家連戰爭賠款都沒要，咱們這點意思算個啥。他大步走進我們科，氣宇軒昂顯然渾身上下的傷口都癒合了。「方平，」他對我說，「你說得不錯，命不該絕，喝下毒藥都補身子。你趕快和JO公司辦事處聯繫一下，試試能不能還點價。」

「不行啊，」我愁眉苦臉，「我得請假回去，我那老岳父今天下午出院。」

「老人家也摔傷啦，」廠長驚呼，「唉呀，你家那樓梯可眞是……小方，你放心，分房的事包在我身上，一定盡快給你解決，可談判你還是得抓緊。已經過了大半年了，要是到年底還敲不下合同，我們又得重頭開始申請外滙。」

他把一大堆資料丟到大楊面前。「看看這個，美國三星公司系統的報價，經委介紹過來的。他們說三星公司是我們市的老客戶，希望優先考慮。錢不夠的話，經委可以想法子批點地方外滙。三星公司的代表已經從美國來了，住在西郊，這是名片。你們找她談談，貨比三家不吃虧。」

廠長風急電火走了。大楊拿過名片，忽然叫出聲來：「朱露露女士！怪了，怎麼是她？」

「什麼意思，」我問，「什麼叫怎麼是她？」

「這朱露露是我中學的同班同學呀。」

「同班同學有什麼了不起，要是早生兩年，我和林立果還是同班同學呢。可又怎麼樣，他照樣死在蒙古，我照樣住我的亭子間。」

「我不是這意思，」大楊說，「我是聽說她去美國讀研究生，怎麼搖身一變成了中國銷售部經理了。」

「你這觀念跟不上時代了。有人先讀書後做生意，有人先做生意後讀書，殊途而同歸。對了大楊，你和貴同學談談，我們成全她的買賣，讓她給我們找經濟擔保去留學，這樣我倆不也就先做生意後讀書啦。」

我想和劉胖子約個時間見面，可被大楊搶了先。他和那朱女士在電話裏大肆懷舊，說得眉飛色舞，眞不知道他還那麼會聊。我把三星公司的資料翻到最後一頁，他們才談到班上誰誰官到哪一級，誰誰誰有幾個孩子。實在等不及，我就去了醫院。

妻子在醫院門口摩拳擦掌，那張臉就像是好望角在醞釀風暴。我沒給她發作的機會，走到她面前，我把手裏提的網兜向她一塞，那裏是半隻烤鴨、兩斤紅腸和一瓶黃酒，我估計她肯定會先考慮數學問題。等她算清了經濟帳，但願我的船已經開過了馬達加斯加。

當然，烤鴨和紅腸基本是被兒子享用了。岳父吃得很少，說得更少，像是已經對我深惡痛絕。那晚上，柏林牆西面燈光經久不熄，老頭拍着兒子的背，嘴裏念念有辭。妻子伏在我耳邊說：「方平，你知道爸爸在嘀咕什麼嗎？」「不知道，」我仔細聽了聽，「是不是在背乘法口訣表？」

「放屁，他在念存單的號碼呢，他把那十張有獎存單的號碼都記在心裏了。」

我突然感到渾身發冷。要是老頭的存單眞中了獎怎麼辦？不管怎麼說，十萬戶裏總得有兩張要中的，天下巧事多着呢，伊藤的合同不就吹了嗎。俗話說不怕一萬就怕萬一，百分之零點零二的可能性，比萬一整整多上一倍哪。想到這兒，我肩上猛地一痛，不知是抽筋了，還是被老婆擰了一下。

十一

那條小街原來很安靜，自從開了小商品市場，可就面目全非了。路兩邊是一排排到底架着藍色波紋板的攤位，窄狹的街心滿是紅男綠女，眯起眼看像是條熱帶河流。我拉起衣領，戴上太陽鏡，走到一個賣服裝的小攤前。皮膚黑黑的攤主吹着口哨，我找的就是他。

「哎，您要什麼？」那小子殷勤地站起。

「不買什麼，隨便看看。」我順手撥了下攤上掛的衣服，標的價錢着實嚇了我一跳。

「幹嗎隨便看，您隨便買嘛。來，我替你挑，」他取下一件黑皮夾克，「這件怎麼樣，配上這副眼鏡，我敢說你不比高倉健差多少。」

「太貴了，」我說，「再說我還沒那麼老。」

「明白了，」他會心地笑笑，「你說得對，我們這年紀是得穿花騷點，把失去的青春補回來。」他從攤位下拉出一條白色的麻布褲，「這式樣行了吧，夠青春的啦。」

我接過那條褲子，捏了捏，把它翻了個裏朝外，口袋布上見不到市場管理處的紅圖章。

「你逃稅了。」我粗起嗓門。

他臉色刷地變了，一把搶回褲子。「啊呀，我拿錯了，」他飛快塞上根外煙，「您是工商管理局的？新來的吧？我跟你們老王小李都很熟，來來來，請抽煙。」

我抓住他那隻塞煙的手，「幹什麼，想腐蝕國家幹部嗎！睜開眼看看，老子是誰。」

我摘下太陽眼鏡，聽到他像哭似的笑聲。「方平小子，他媽的是你啊。我是想工商局那班傢伙眞那麼好意思，還跑來找我的麻煩。」

我點上他的煙。「黑皮，你是不是把老王和小李收買了？」

「沒的事，我是規矩人，哪敢腐蝕國家幹部。方平，你不錯，還想着來看看老朋友。」

「我不是來看你的，我是來看衣服的。」

「那更不錯了，」他指指掛架，又從攤底下拉出那條白褲子，「你想買哪件，我給你打個折扣。」

「黑皮，你眞好意思？就衝我們一塊穿開襠褲打彈子的交情，你連送一件衣服給我都不捨得！」

「話不是那麼說的，要看那份交情，我把命給你一半也成啊，可咱們小本生意有個行規，貨物進了門，就不能白送人，要不就算你八字裏有三才聚頂都得倒運。別說你，現在就是我親爹來，我都得象徵性收他幾塊錢。」

也許眞有這行規，因爲他雖然不肯送衣服，卻立刻收了攤，要請我去吃西餐。我幫他把那些貨塞進兩個大蛇皮袋，他從夾弄裏推出輛雅馬哈，讓我和蛇皮袋都擠上後座。風呼呼拉過耳邊，我緊緊抱住他的腰。「你在廠裏幹得怎麼樣？」

「還過得去，八九十塊一月。」

「來給我看攤如何，方平，我出你二百。」

「你打算雇工剝削嗎？」

「這我可就糊塗了。你拿八十塊挺好，我給二百就是剝削？要這算剝削，有多少都衝着我來吧。其實我才不要你呢，我已經物色了一個小美人，看攤兼服裝模特兒，必要時還能陪老板外出應酬交際。」

「這話我聽着怎麼有點心驚肉跳。」

「你放心，我和她可是一乾二淨，像白貓牌洗潔精那樣。不過說實話，她的手可要比你柔軟多了。」

直至到餐館，雅馬哈熄了火，我才定下神，想起正事，黑皮和大楊是一個學校的，他多半知道那位朱女士的底。

十二

我敲了半天，劉胖子才來開門。「方先生哪，」他邊繫睡袍帶子邊說，「我等了您好久了。」我想難道就爲了這點他讓我也等上好久的嗎？一股香水味從他身上直撲我鼻孔，不過這年頭男人都興用化粧品，何況他又是法國籍，所以我不敢說有位女士躲在他臥室裏。

「我眞是等了您好久，」他請我坐，「你要再不來，我就要到府上拜訪了。」

「那可不敢當，」我說，「傷在我府上的人已經夠多了，你等我有什麼事嗎？」

他一愣，「也沒什麼特別的事，只是想和您聊聊。」我抽着煙，好半天沒說話。他坐着乾着急，嘴唇張開又合上，很有點欲說還休的味道。臥室門裏傳來窸窸窣窣的聲響，我向那邊望去，他趕忙打岔。「方先生，那您來又有什麼事呢？」

「是這樣，我們和艾卡公司的合同砸了。」

「砸了好啊，」他很高興，「我早說過，跟伊藤打交道你們不會有好處。」

「倒不是爲了這個，」我說，「是有人向巴統會告了艾卡，我們廠想談也談不成了。」

「有這種人，」他像是大吃一驚，「無聊，太無聊。不過我得說，這對貴廠可不是件壞事。」

「一點不錯。」我猜他大概還不知道這是天大的好事，要沒有那種無聊傢伙，我們廠就怕要申請破產了。

「如果貴廠還需要引進，」劉胖子兩眼緊盯我，就像餓狼撲食，「敝公司隨時願意效勞。」

我看着半截煙頭，「要當然要，可你們的報價……」

「我敢擔保，比起其他公司，我們的價格絕算不上貴。」

「你說得不錯，可是，」我舉起煙，「就好比買煙……」

「我知道，你們就這點錢，」劉胖子打斷我的話，使勁咬了咬牙，「這樣吧，我再降價百分之十。天哪，按這價我們公司已經虧本了，老板說不定會炒我的魷魚。」

他把牙咬得太使勁，以至於不像眞發了狠心。我哈哈一笑，「你別那麼說，劉先生，我可是讀過《資本論》的，要說資本家做買賣不賺錢，走遍天下都沒人信。」

「眞的，」他愁眉苦臉，「這筆買賣我們只能保本。我們不是外人，方先生，我對您說心裏話吧，我們公司所以願意這麼做，是希望通過貴廠打進中國市場，要不考慮到前景，誰肯幹哪。我給您的是最後價格，再也不能退後了，不過我可以送給你們全套JO系統的資料，這套資料如果出售的話得幾十萬美元，像伊藤那種傢伙，有錢我們都不賣。方先生你看，我們是有十足的誠意，請您一定玉成此事。」

「我們再說一句心裏話吧，」我說，「劉先生，你個人在這筆生意裏有什麼利益嗎？」

他看了我好一陣，慢慢地臉上浮出笑容。「按行規，我可以提取百分之二的佣金。另外老板派我來中國打開局面，要是做出成績，他自然不會虧待我。我非常想做成這筆生意，方兄，我們不是外人，如果你能助我一臂之力，我一定會感謝你的。你家裏缺少彩電嗎……也許你需要有人幫助出國留學……」

十三

這天清早，岳父像老僧入定，坐在椅子上一動不動。我心想他大概又上了哪個走方武師的當，把太極拳換成靜坐功了。沒人知道他會多少種健身之道，從搬進這個家來，我親眼見他練過甩手、倒走、鶴翔樁、舞劍、大雁功、十八法和抱樹，可越練卻越不成了，爲了雙破皮鞋進了醫院。

妻子把我拉到樓梯口，「方平，今天你別呆在家裏，去外面走走吧，晚上再回來。」

「幹嗎？」我說，「公民有勞動的權利，勞動者有休息的權利，今天是星期天，我高興呆在家裏。」

她眼一瞪，「你沒看電視節目預告？下午兩點轉播住房儲蓄開獎實況。我看你還是避一避的好，免得惹爸爸生氣。」

兒子不願跟我出去，我眾叛親離，看了一場無聊的打鬥電影，然後乘車來到廠裏新落成的宿舍樓邊。太陽正當頭，在耀眼的光線下，這幢四層樓房顯得輝煌奪目，引了不少行人停步觀望。我想起黑皮的預言。他說的有點道理，不搬家我後半輩子順不了，倒不是因爲風水的緣故，關鍵在於我應該有自己的房子。

老蔣正在家裏打沙發，看到我連眼皮都沒抬一下。「怎麼啦，」我說，「是不是伊藤請客沒叫你，讓你生氣了？」

「這關人家伊藤什麼，」他沒好氣地說，「是你們讓我生氣了。你們幹嗎回掉艾卡的合同？朝三暮四，前說後忘記，言不信行不果，這山望得那山高，君子一言，駟馬難追。」

「別囉嗦一大套，你們不是官商嗎？」

「誰說的，」他翻臉不認帳，「退一萬步說，就算是，又怎麼樣？官商也得完成指標是吧。這回日元升值本來能讓我拿份超額獎，這下好，全讓你們廠給砸了。」

我安慰他，「別急，有你賺的，我們不是又在跟兩家外商談着嗎。」

他撇了撇嘴，「那姓朱的可不好對付，她給市裏引進五條線了，光過我手就有三條，一點小意思都沒見到。」

我打開那臺松下彩電，開獎儀式已經到最後關頭。「你看這些幹嗎？」老蔣問，「你買了？」

「傻瓜才買，」我說，「勞民傷財，大白天做夢，牛肉包子打狗，偷鷄不成蝕把米，竹籃子打水一場空。是我老岳父買的。」

電視機裏響出排山倒海般的嘆息聲，那兩套萬眾矚目的住房不知落入了誰手。我長長吐了口氣，「上帝保佑。」

「中了？」老蔣一蹦子跑過來。

「沒中。」

「那你高興什麼？」

「當然高興，要是中了，我今晚上就得流落街頭。」

「別忙，讓我想想。你買了彩票，又不希望能中，你存着什麼心！」他把手按上我額頭，「方平，你是犯病了吧？」

「沒犯病，我是犯錯誤啦，」我低頭認罪，「我把阿拉丁的神燈去換了兩塊麥芽糖。」

十四

「朱露露，女，生於一九五二年。原名朱抗美，文革初改名朱要武。六八年初中畢業。同年參軍。七三年推薦進師範大學化學系。畢業後留校在團委工作。八三年赴美留學。八四或八五年被三星公司聘用。據悉已獲得綠卡。看來這女人是個全才，既當兵，又當老百姓，兼通理工政文，還會做生意，眞可謂女強人啊，是不是大楊？」

大楊看着我，不動聲色。

「家庭成員：丈夫，市中心醫院內科醫生；兒子，六歲，已於年初赴美。主要社會關係：父，市經委朱主任。大楊，你總不至於純眞得連貴同學是經委主任的女公子都不知道吧。」

「我知道，」大楊還不動聲色，「可那又怎麼樣，我們談的是生意，不考慮其他因素。」

「是沒怎麼樣，你要是早告訴了我，我也就不考慮這因素了。可現在我老惦記着局裏那批老爺幹嗎那麼起勁，甚至連你這種小人物都上竄下跳湊起熱鬧來啦。」

「誰上竄下跳啦？」大楊說，「眞胡說八道，我不過看在同學的面子上，幫幫忙罷了。」

「那好大楊，上次我說讓她給咱們擔保是開玩笑，現在來眞的。你去對貴同學說說，請她幫幫忙，換給我一千元外滙券。我想添臺彩電，不是要分我新房子了嗎，我也該更新些設備對吧，聽說用外滙券在友誼商店能買到便宜貨。喂，幹嗎這樣，我不是白拿她的，我還她人民幣！」

「你知道我不會開這種口。」大楊苦着臉說。

「嗯，那我又何必幫你同學的忙呢？三星公司的報價比劉胖子貴一成，性能還差些，我才不買她的，管她的介紹人和老同學是誰呢！」

大楊看着我，看得我側過了臉。他說：「方平，要是你以爲我在這事裏能撈到什麼好處，那你可把我看錯了。咱們雖然是小人物，可不幹虧心事，不管別人怎麼對我，我對得起別人。方平，你能幹，熟悉業務，我說過我不如你，這個技術科長原該你當的，別做鬼臉，這是我心裏話。但你也別得意，比起你來，我有個大優點，你這人太會衝動，愛刺人，你把人全得罪了，結果事情還是辦不好。你不是檢查出心動過速了嗎，這樣下去，對身體可沒有好處。」

我低下頭，塞住耳孔，我想我是把大楊看錯了，原來他也是個全才，眞該讓他頂替老同學的團委書記。一個電話救了我的命，那時我都想跳窗了。大楊吞下沒說的話，不耐煩地把聽筒遞給我，我聽過便奪門想走，大楊追着問是誰打來的。「還有誰，」我說，「劉曉慶。」

十五

劉胖子把香煙丢在茶几上，又取出一瓶包得花花綠綠的洋酒。「怎麼樣，今天我們能喝一杯慶賀慶賀了吧。」

「爲了什麼？」我問，「是你結婚了？在賓館門口搭上的吧？聽說這種姑娘，現在一抓一把？」

「哪有此事，哪有此事，」他有些不高興，但涵養很好。「我是說敝公司與貴廠簽定合同的事。」

「這事啊，不忙不忙，我說過能行嗎？還不一定呢。」

他坐到我對面。「怎麼還不一定，伊藤上滑鐵盧了，現在只有兩家在爭這筆生意。據我所知，三星公司的報價比我們高一成，性能遠不及我們，貴廠還能買他們的貨？」

「你怎麼知道的，消息很靈通啊？」

「當然囉，」他那胖臉上浮出油光，「你以爲我每天花公司百十美金包這套房，工資津貼一個不少，是在這裏吃喝玩樂嗎？我們那裏可不興大鍋飯啊！」

我又好氣又好笑，不興大鍋飯也未見得就能百發百中呀，這做生意講的是一手交錢一手交貨，就像分配住房，哪怕廠長把胸脯拍得再響，沒拿房門鑰匙，我可不敢喝酒慶賀。我想該怎麼點撥他一下。「劉先生，你知道海內有逐臭之夫嗎？」

「呃，不太清楚，這不是什麼新研制的系統吧？」

「讓我換句話說，你原籍何處？」

「原籍？噢，山西。不過我生在香港。」

「山西喜歡吃醋，可寧波人吃得就怪了，他們愛把東西捂臭了吃，什麼臭冬瓜臭千張的，你從沒試過吧？」

「沒有沒有，恐怕敝人還不具備那種勇氣。不過我們法國最美味的奶酪，不會欣賞的人也總說有那種氣味。」

「是啊，劉先生你看，連吃都有人專挑臭的，那買東西爲什麼就不能選貴而次的呢？」

「你和我說笑了，」劉先生哈哈大笑起來，「口味各人不同，可做生意嘛，總還有個行規吧，你眞會開玩笑。」

「唉，你可眞固執，乾脆我把我們這裏做生意的行規也跟你說了吧。比如我們廠想從貴公司進一條生產線，我們首先得向所屬局打一個報告，說明用途和投產前景，局裏同意後，我們再向市經委打報告爭取立項，經委批准立項了，我們就要去部裏批外滙，有時外滙還不打一處來，得從部裏挖一點，從市裏再挖一點，弄不好還是議價的，有了外滙指標，我們再去銀行討貸款。注意，這外滙可不是給我們廠的，是批到部裏或市裏的進出口公司，談判由他們出面，合同他們拍板。好吧，這也不算什麼，只是這些麻煩事還都得在一年內辦完，過了年所有的批件就無效了，你從頭再忙吧。明白了嗎，在這些關節中，只要有一個走不動，或者出了其他的意外，我們的合同就簽不下來。」

「我知道，」他說，「這裏辦事的確比較、比較細緻些，不過我不懂這和我們的交易有何關係？我不信眞有人找貴而次的貨買，除非他是瘋了。」

我狠狠吸了口煙，心想誰瘋了，你才瘋了呢，我明明說了海內有逐臭之夫嘛。可再往下我就沒法向劉胖子點明了，要不眞會壞了涉外的行規。

十六

「情況大致就是這樣，」我指着掛在牆上的圖表，「對比之下，美國三星公司系統的各項指標均低於法國JO公司，但價格卻高了一〇%。大楊和我跟三星的代表談了幾次，她始終不肯殺價。總之，我認爲我們沒什麼可選擇的。」

我們在廠長辦公室裏，廠部的頭頭都齊了，坐得東倒西歪，像一尊尊羅漢。廠長用手指頭輕輕敲着太陽穴，我知道我給他出了個難題，但行規如此，我也沒辦法，何況那朱露露盛氣凌人，好像我們的牌都抓在她手裏，我一見她心裏就來氣。

她選在西郊賓館的休息廳裏和我們談判。那個廳大白天都拉下窗簾，點着昏昏的燈，讓市節約用電委員會看到準搖頭。牆角有一架大鋼琴奏着克萊德曼的小曲，黃頭髮綠眼睛的洋人悠閒地晃着二郎腿，這環境對朱露露可正合適，反正我開上去的問題她多半答不出來。我想是不是中國人的智商特別高，連她這樣的都當上了銷售部經理，要眞是如此，我與許還能幹西屋公司的總裁呢。就在那時，我又斗膽生出放洋之心。

大概大楊眞把外滙劵的事對老同學談了，她沒讓我開口就堵上了大門。「你們國內總以爲美國遍地是黃金，」她憤憤不平，「哪有這種事。國外工資高點不錯，可人家生活水平多高。你們以爲我三天兩頭飛來飛去舒服啊，實在叫沒法子。人總得有個窩吧，我買下一幢房子，三間臥室，有一個小游泳池，馬馬虎虎過得去，但是那價錢，說出來能把你們倆嚇死。分期付款，欠了一身債，我不拼命不行呀。哪比你們，坐坐辦公室，幹又像不幹，不幹又在幹，那多痛快。」她嘆了口氣，我和大楊吸了口氣。

「這裏頭怕是有什麼誤會吧，」廠長說，「聽經委的同志介紹，三星是我們老客戶，有不少廠買過他們的產品啊。」

「沒錯，市裏一共從三星引進了五條線，我都去看過了，到目前爲止，還沒一條線能投產，技術問題一大堆。那幾家廠都說是上了賊船了。」大楊拉拉我袖口，我沒理他。

廠長搔了搔頭皮，「不管怎麼說，這是經委牽的線，不看僧面看佛面，往後還得靠他們批外滙呢。我看，就定下買三星的吧。」他看看廠部的頭頭們，那些人沒聲沒息點點頭，接下來他又看着大楊和我。「關於技術上的問題，你們兩個多考慮一下，我想總是有辦法解決的。噢，小方這次爲引進出了大力，可我們對他關心不夠。他家裏住房很困難，特別那樓梯，別提多難走，前一段時間他岳父又把腿摔傷了。這是我的疏忽。總務科長，你記一下，方平的房子一定在首批分配時解決。對了，還有件事。三星公司邀請我們出三四個人去美國考察，在那邊的費用他們包。這次我們爭取讓技術科去個人。不過先別樂觀。王經理咬死了要名額，經委那裏恐怕也得要一個，唉，再安排吧。」

他大概說累了，雙手抱住腦袋，不住地揉太陽穴。過了好一會，他抬起頭，有氣無力地問：「大家還有什麼意見嗎？」

「沒有了。」我說，忍不住一陣咳嗽。

十七

我把新房間的鑰匙摸了上千遍，直到它能像銅鏡似地映出我的臉，妻子才打電話上來。我對大楊說：「我要去看新房了，麻煩你接接電話。不是我說話不算數，這是最後一次。大楊，要是劉胖子來電話，你說我出差去了，走得越遠越好。對了，你就說我去老山打仗，準備馬革裹屍還鄉。噢，別忘了，晚上在家裏等我。」

妻子站在廠門口，臉笑得就像我第一次把工資交給她時一樣。我把鑰匙扔到她手裏，「唯物史觀的又一次偉大勝利，看看，究竟靠什麼搞來的房子。」

「當然是你有辦法囉，要不我怎麼會嫁給你呢。」她給我灌迷湯，在那一刻裏，我意識到自己的地位起了根本的變化，從今往後，是該咱們男子漢當家作主啦。

我們走進宿舍樓，妻子收起笑臉，緊張得像是去朝聖。我那新居不大，但五臟俱全，一個小過道，獨用厨房，獨用衞生，還有個小小的淋浴池。最重要的是，它有兩間房間，柏林牆從此可以休矣，世界和平萬歲。

妻子貼我身邊站着，心滿意足地說：「方平，現在我們什麼都有了，最好再能換一臺彩色電視，讓爸爸他也高興高興。」

「那東西傷眼，不買也罷，」我斷然說，「我看倒是可以考慮添一個保險箱，讓老頭子改改他的游擊作風。」

這天晚上朱露露在大酒店請客，慶祝咱們兩家簽約。六點鐘，我到大楊家，他正看着寶貝女兒吃西瓜，美滋滋的像甜在自己嘴裏。

「喲，小寶，這天氣還吃西瓜哪。」

她把瓜舉到我臉前，「方叔叔，我請你吃。」

大楊趕緊攔住，「小寶自己吃，方叔叔是大人，大人不吃小孩子家的東西。」

「對了小寶，」我說，「乖乖，自己吃吧。大人不吃小孩的東西，大人要吃公家的，吃外國佬的。」

走到街上，我說：「大楊，你女兒可夠大方的。」

他誤會了我的意思。「眞沒法請你吃，就只買了一塊。這是暖房瓜，要九角一斤，誰捨得呀。可小寶看到賴着不走，怎麼辦呢。」

「都一樣，」我說，「大家都是一樣。」

車站上黑壓壓擠着一片人，都踮腳伸脖子望着街盡頭，盼着趕家裏的晚飯。大楊嘆息一聲，「我們這輩子也就算了，只想讓孩子過得好一些。方平，你說人生一世，到底該怎麼做人？」

我理解他的意思，我想他問的也就是關於行規的事，只是奇怪他怎麼會從小寶聯想到這裏。碰巧這答案我已經悟出來了，行規是無所謂有無所謂無的，就像魯迅所說的路，看只看貼着哪邊走抄近。不過我不打算告訴他，現在該是他自己拿主意的時候了。

十八

廠長拖我和大楊去拜訪劉胖子，買賣不成人情在，何況JO公司還送了我們廠一套資料呢。我推托不掉，只得提前從老山前線退了役。

我們來到賓館，總服務臺的那人直盯盯看着我們。我想他今天準要大吃一驚呢，竟然有三個男人來找劉胖子，太陽從哪邊出來的？

「同志，我們找二〇一室的劉富財先生。」

「劉胖子？」他一笑，「你們找不到他，他已經回國去了。」

「回法國了？」大楊說，「前天我還接了他好幾個電話哪，這麼快，難道有什麼急事？」

那服務員說：「沒急事，只不過是他瘋了。大白天脫得赤條條在賓館裏亂竄，眞嚇人，像頭刮光了的肥豬。我們通知了領事館，他們派人把他送走了。」

我們三個在賓館門前站了一會，眞有點若有所失的味道。深秋的太陽照得大家鼻尖冒汗。廠長搔着頭皮說：「你們說，這件事和我們廠有沒有關聯？」

我搶着說：「怎麼沒關聯，他不就是爲這瘋的嗎！天哪，這是外事糾紛，弄不好法國領事要向我們廠提抗議的！」

廠長掏出手帕抹了把臉。「這樣吧，你們倆先回廠，我現在就到局裏去一次。」

等廠長走沒影了，大楊瞪了我一眼。「你這人哪，又犯老毛病了不是，你嚇唬廠長幹什麼呢！」

「怎麼怪我，」我瞪還他一眼，「這不都是你和貴同學幹的好事。」他火了。「你別提同學了行不行。同學怎麼啦，她買她的大洋房，我當我的小科長，我和她有什麼相干?!你自己說的，你和林立果還是同學呢！」

路邊的電話亭空着，我向大楊要了幾個分幣，拉開門進去。「西郊賓館嗎？請給我接美國來的朱露露女士。」大楊用拳頭砸着玻璃櫃，「喂方平，你想幹什麼，你對她說這些沒用。」線那頭有人抓起了聽筒，我向大楊擺擺手。「朱露露女士？我是市中心醫院急救室。您父親在我們這裏，腦溢血，突然昏迷。是的，很嚴重，正盡全力搶救。請您立刻就來好嗎？是，越快越好，晚了我們就不敢保證……」電話咔嗒一聲掛斷了，大楊在亭子外瞠目結舌。我再接再厲，又塞了個分幣。「經委嗎？我是西郊公安分局交通隊，請朱主任說話。他在開會？好吧，那就麻煩你轉達一聲，恐怕實在不能算是好消息。半小時前在西郊賓館門口發生了一場車禍，他的女兒不幸在車上。不不，當場沒有斷氣，我們攔了輛車，立刻送了醫院。現在怎麼樣還沒有消息。是的，當然很嚴重。在西郊縣醫院急救室。最好請朱主任馬上就去，可能需要親屬簽字什麼的。」

我出了電話亭，大楊看着我，又是嘆氣又是搖頭。「你看你，」他說，「又衝動了吧，何必呢？有什麼意思呢？」

「我衝什麼動，」我說，「這工廠不是我家開的，劉富財又不是我小舅子，我幹嘛要衝動？告訴你吧，我從來不衝動，打自出娘肚子後我壓根就沒衝動過！」

「好了好了，別說了。我們去喝杯咖啡，我請客。」他像哄小孩子似地拍着我的背，推着我向前走。

異國情調的音樂。異國情調的咖啡館。綠色的棕櫚。金色的窗簾。黑絲絨旗袍迎面過來。猩紅嘴唇微微張開。「先生，用點什麼？」

「兩杯咖啡。」

方糖。牛奶。亮閃閃的小罐子。方形的紙巾。白瓷杯冒着絲絲熱氣。雀巢咖啡，味道好極了。

「還用點什麼，先生？」

「謝謝，不要了。」

「兩位用什麼付帳？」

「人民幣。」

「十二塊錢。」

「多少？」大楊問。

「十二元，一杯咖啡六元。」

大楊臉色一下發白了，又從白變紅，兩隻手像抄把子似地上下移動，一個個口袋翻得裏朝外。數過最後幾個硬幣，他長長地喘了口氣，臉色又由紅轉白。

黑絲絨旗袍一堆錢叮叮噹噹擼到托盤裏，猩紅嘴唇雞屁眼般嘬了嘬。「你當是買電車票哪，沒錢就別上這地方來！」

我眞想把咖啡潑到她臉上，但是我忍住了。有一個聲音在我耳邊響起，像是黑皮，又像是上帝他老人家親自在對我說話。方平，你不能衝動了。你心動過速，你頸椎肥大，你的腰腿都爲那樓梯摔傷過。要是你躺倒了，可沒人疼你，多半咱們的地球轉得更輕快些。眞的，方平小子，你不能再衝動了。要不，你怎麼對得起那套剛到手的新房！

一小樓三奇人一

在我們這棟樓裏，大家都把張果老、田先生、和尚三個稱作奇人。說來這三位並沒有什麼太奇之處，只是別的人過於平庸了。「世無英雄，遂使豎子成名」，有句古話這麼說，毛主席也用過。

從前卻不是這樣。

張果老八十多歲了，和這樓差不多年紀。在他剛搬來時，這裏人才薈萃，從失意政客、亡命軍閥到白俄、山東拳師、養黃雀的相士，三教九流都有。時運不濟，由此可見一斑。

張果老告訴和尚，二樓田家那間房，當年住着個江洋大盜，因每回作案都在現場用粉撲留一枝花，人人叫他「一枝花」。

「一枝花」高來高去，刼富濟貧，和燕子李三南北齊名。民國那一年失風被擒，讓官府判了斬首。就在行刑的前一天晚上，他脫銬越窗而去，自然，也沒忘了在牢房牆角撲一枝花。

有趣的是，那「一枝花」還是個紅班子裏的臺柱。他貌不出眾，走路腿有點瘸。可一登臺，便健步如飛，扮相出奇的美。他串的是青衣。

三句不離本行，話到這兒就回本行裏來了。張果老謀過一二十種職業，可從來只說自己是劇評家。樓裏一班小青年很少看京劇，看也只看《大出手》。乘涼的時候，和張果老談起《三岔口》。「《三岔口》，」果老說，「自蓋叫天之後，還有《三岔口》嗎?!」

戲沒了，懂戲的人當然也沒了。張果老眞懷念過去的日子。戲臺搭在茶園子裏，客人都打起燈籠去，聽上幾句，覺得沒意思，抬腿便走；有點興趣了，吹熄掉火坐下，茶房見到燈籠瞎了，才送上茶水。那時候戲不興看，講究的是聽。

除了戲，張果老不常和人談別的，可樓裏都知道他有來頭。前好幾年，還是動亂時期，有輛小轎車開到樓前，一個人從車上下來，直奔果老房中。那人長得與果老有幾分相像，只是年輕些。大家都說，我們樓裏也出了個奇人，就這麼叫開了。

那人是張果老堂弟，來是爲了謝恩。這點內情也是果老聊戲聊出來的。他說：「公孫杵臼一個外姓人，都能爲趙氏捨命，我替堂弟盡些力，又豈值得一提。」

他堂弟是個局長，地下工作時曾有一陣與上級失去聯繫，被造反派誣陷爲動搖叛變。張果老不畏艱險，奔走數月，搞來有關方面的證明，爲堂弟刷清不白之寃。堂弟來致謝時，已結合進某區的領導班子，自然對果老感激不盡。

轎車只來過一次，再沒露頭。往後去坐轎車也不那麼顯眼了。不過張果老閉口不提當局長的兄弟，難免使人生疑。別人問及時，果老就唱一段《捉放曹》，權作回答。戲之於張果老，實在比親朋友好重要得多。

田先生不知哪來的消息，說果老在堂弟家受了冷遇。撥亂反正之際，曾考慮讓他堂弟出任副市長，終因那段結合的歷史而作罷。堂弟悶悶不樂，也沒說什麼，可弟媳就有些責怪果老多事的意思。她說當年若沒有那證明，在牛棚多挨幾日，說不定現在已經是中央委員了。

張果老一怒之下，拂袖而去，從此兩家割蓆斷交。人心不古，由此也可見一斑。

乘涼的時候，小青年與張果老談起蓋叫天，「蓋叫天有什麼？」果老說：「要說他師傅李春來，那才有些東西。」

二

田先生是畫家。

張果老說：「能寫篇把小文章叫作家，能塗幾筆的叫畫家，能賺兩錢的叫企業家，淘舊貨的叫收藏家，甚至連種花養鳥釣魚都成了家。這年月什麼都漲價，怎麼這個家字越來越不值錢了呢？」

田先生或許不屬這類貶了値的畫家。

不管如何，樓裏總把他尊爲先生。他有一種氣度，身穿T恤都讓人感覺是長衫。他出自江東世家，祖上不是做官，便是讀書人。從小他就會琴棋書畫，興致高時，也能哼上幾板。他說學的譚派，張果老說是痰派。

田先生家後來敗落了，這不須說，要不他不能遷入「一枝花」的故居。名畫家周公與他先父有數面之雅，提携他進了畫院。這也是知書明禮的方便了，不定哪一天，消閑的手段都能用來謀生。

樓裏出了畫家，自然算一奇。田先生確有其得稱先生之處，他從不提自己有多少才學，只說爲稻粱謀。最氣盛的時候，他才嘆息家中的舊物都失散了。他曾向和尙談起使慣的宋端溪抄手硯和乾隆年宣紙。「巧婦難爲無米之炊」，有句俗話這麼說，毛主席也用過。

身外之物，生不帶來死不帶去，田先生並不爲此傷心。他掛念的是一幅畫。畫爲清惲壽平所作，多年懸在田先生床頭，樓裏中年以上不少人見過。據田先生說，此畫有二絕，其一惲南田絕少畫人物，其二畫中的人物碰巧是田先生祖上先人。

畫後來遭刼了，這也不須說，人尚不保，何況乎畫。田先生面對十年空壁，頗有點達摩的味道。刼後餘生，他給有關方面寫了封信。他說是聊盡人事，並沒有當眞。這又有點姜太公的味道了。

失主不當眞，抄家文物清理小組卻當眞了，來函請田先生去認領失物。張果老古道熱腸，陪他一齊去。那認領處人來人往，摩肩接踵。據說被抄的文物字畫十有七八都毀壞或出口了，大多人不免趁興而來，掃興而歸。田先生不在此列，他的畫掛在大廳正中。

見畫如見先人，田先生熱淚盈眶。此發乎情，止乎禮，與氣度無損，只是讓張果老想唱一段《庵堂認母》。他們找到辦公室，那裏的負責人說：「人人都說那畫是家裏祖傳。這樣吧，你寫下自己名字，用字條別在畫幅邊上。」

畫幅邊上已別滿紙條，有如衆星拱月。田先生沉得住氣，張果老倒按捺不下。回家他對和尚說：「都是有頭有臉的人，怎麼閉着眼睛認別人的東西。」

和尚答道：「禽獸尙且貪財，何況歷刼之人。故我佛慈悲，普渡眾生。」和尚有菩薩心腸。

過幾日，淸理組通知田先生取畫。樓裏當作盛事，都聚到二樓廂房。打開套盒一看，不是惲南田的人像，卻是齊白石的墨蝦。幾位操持家政的嘆道：「瞧這大蝦，自由市場裏至少得八九塊一斤。」

把祖上先人換了大蝦，在誰都於心不忍。田先生找周公主持公道。他挾着畫去，又挾着畫回來，悄悄把白石老人掛上床頭。

我們得知，田先生臨時改了主意。他在周家客廳裏看見自己的畫。周公失落一幅仇十洲的山水，雖請回惲南田補壁，也是鬱鬱不歡。

按張果老的意思，世上又有兩家得斷絕來往。田先生不以爲然。爲幅畫翻臉，終究是太小氣。塞翁失馬，焉知非福，田先生有田先生的取捨之道。

此後，每逢田先生去周公處，果老便對我們說：「瞧，元春又省親去也。」

三

和尚是眞和尚，並非賈雨村言。

他搬來我們樓，正值「一月革命」。田先生對張果老說：「老張，唱戲時留點神，來了位造反隊頭頭。」這是因爲和尚緊扣一頂綠軍帽，從不見脫去。

有一天風替人脫了帽，大家看到一個光頭，九點戒疤，都笑道：「甚麼造反隊，原來是個野和尚。」

和尚未必不能造反。毛主席曾對外國記者說，我是一個打着破傘的孤僧。記者寫了在書上。有關方面解釋，是翻譯錯了，主席的原話是「和尚打傘，無法無天。」

我們這和尚沒打傘，只是破帽遮顏。他不造反。紅衞兵造反時，他把廟裏菩薩用泥糊上，外面貼滿毛主席語錄。紅衞兵投鼠忌器，放過了泥菩薩。

菩薩雖保住，廟還是封了。一班僧眾都被遣送回鄉。和尚無鄉可回，下放到街道工廠，敲打木櫃碗櫥。他不覺得吃重，這種活在廟裏也時常要做的。工資不高，好在是和尚，粗茶淡飯足矣。

說到了飯，就這事麻煩些。和尚不沾工廠食堂的邊，每天自已買菜做飯，忙忙碌碌。樓裏一些小無賴逼他吃豬肉，他執意不允。問是否頑固堅持封建迷信立場，他忙說不敢，幾十年習慣成自然，只怕胃腸已不堪消受了。

木工廠一個女工，新近死了男人，拖扯兩個小孩度日。有好事之徒從中撮合，說反正當不上和尚了，不如兩鍋並一鍋，老來也有個照應。原以爲和尚不會願意，不想他眞願意了。這也是一奇，不食葷，卻要結婚。

和尚成親那天，鄰居都到他屋裏喝一杯水酒。張果老當主婚人，代表大家致辭。他說：「好一齣時裝《櫃中緣》。」

和尚結了婚，蓄了髮，不再像和尚了，但名聲卻改不掉。樓裏照舊叫他和尚，他也照舊應承。在大家眼裏，他總有些異於常人。幾個厚臉皮的婆娘問他女人，夜裏在床上如何活動。女人紅臉說，都一把年紀了，哪還有那種事。不知這話當眞與否。

市裏來了位東南亞貴賓，心血來潮，要參觀佛寺。跑得了和尚跑不了廟。有關方面手忙腳亂，連夜找到和尚，叫他帶人打掃殿堂，洗去菩薩的泥身。臨時抱佛腳，有此一說。

外賓來了又走，走了又來。廟門不便再封。有關方面把和尙調回廟裏，專事接待，工資還在工廠開銷。為革命當和尙，又有此一說。

他做了幾年革命和尙，直做到廟裏香火重燃，菩薩膝下又設箱隨緣樂助，才革去街道廠一段塵緣。那時候遣散的僧眾也回來大半。十年滄桑，自然各有一本難念的經。

和尙每天清早戴起帽子上廟，傍晚脫掉袈裟回家，倒也悠閒自得，和樓裏其他人上下班一樣。可惜好景不長，寺院要推舉方丈。有一天廟裏沸沸揚揚，說佛門不再清淨。一班善男信女，更怒不可遏，揚言要上告北京。

方外的事，實在和俗界差不了很多。吵鬧一陣之後，廟裏命和尙補戒。這也是念他護寺多年有功，不看僧面看佛面。

樓裏小青年問張果老，什麼叫做補戒。果老說：「大致就好比黨員脫黨後的重新登記。」

補戒前一天晚上，和尙請張果老田先生到家。敬上一杯水酒，言語中有托付家小的意思。田先生相勸，戒則補之，其它就不必認眞了。和尙說：「世人縱情聲色，和尙為之禁欲，這也是緣。」

果老說：「你旣然點了《思凡》，就不該再點《別窯》。」

和尚說：「色卽是空，空卽是色。合則爲分，分則爲合。《思凡》就是《別窯》，《別窯》也是《思凡》。二位又何必執着呢。」

和尚道破禪機。

張果老思索竟夜，一早便問田先生，「合則爲分，分則爲合。和尚要眞灑脫，又何必托孤呢？」

田先生說：「色卽是空，空卽是色。托孤就是不托孤，不托孤也是托孤。果老，你還是太執着了。」

果老說：「色卽是空，空卽是色。托孤就是不托孤，不托孤也是托孤。那麼，執着也是不執着，不執着就是執着。」

和尚住進寺院，我們樓裏從此少了位奇人。和尚妻當然難過，大家也都有些惆悵。只有那兩個拖來的孩子心裏暗自高興。在吵架的時候，再沒有誰罵他們，「你的後爹是和尚」了。

我們的事業

在洛陽的一座西漢古墓邊，我遇見了木瓜。當然，那會兒他還不叫木瓜，這名字是他拜我為師之後我給取的。細想起來，禍根就出在那古墓上。你怎麼能輕信一個在墓邊結識的人，何況那墓在西漢時就有了。

到洛陽完全是我一時興起。說來話長，我本打算去徐州，那裏有一家貿易公司貼出了招賢榜，揚言誰能替他們搞到彩電就給誰一〇％回扣，外加一對桂林昆明十日遊的禮券。消息傳來時，我正被困在太原城一家又黑又髒的小旅館裏。我替溫州人推銷了一批防爆開關，誰知這批貨是砲竹廠生產的，一用就炸。太原那些傢伙也不問寃頭債主，死死揪住我不放，害得我山窮水盡，每天啃蘿蔔乾下飯。同旅館有個塌鼻暴牙的汕頭佬想到東北去碰碰運氣，拿一張三百臺彩電的合同換走了我的存貨。我得說那合同就像國庫券一樣如假包換，只不過電子工業部的大印是用肥皂刻的。我把合同給太原人看了，發誓一弄到錢立刻滙入他們的帳號，這才脫身上了火車。

要是我一腳奔了徐州，這故事也就沒了。怪都怪我這人耳朵根子軟，腦筋又太活，火車上一個維吾爾兄弟對我說，洛陽那地方的鄉巴佬靠賣假古董發狠了，肥得不知怎麼花錢是好，伸長了脖子等人去拔毛。我心一動，就在洛陽下了車。結果生意沒做成，卻看了古墓，碰上了木瓜。

那古墓看起來有說不出的幽深，黑洞洞的墓門，門前是一條下斜的走道，只容一個人過。參觀的人排着隊進墓，我站在第八位，待到我踏上那條斜道，隊伍就走不動了。我稍稍一使勁，只聽墓裏哇哇亂叫，「別擠呀同志們，已經撞上牆啦。」你瞧，就這麼個墓，門票一塊五毛。

不遠的樹下有一個攝影攤，上了當還沒過癮的又在那裏排起隊來。那攤主一手收錢一手開票一手按快門，忙得滿頭汗，臉上還是笑呵呵的。我在邊上看了一會，乾脆找個磚堆坐下來。我得說清楚，這可不是那傢伙的服務態度感動了我，而是他用的膠卷讓我捉摸不透。他連着按了一百七十多次快門，竟然還沒打開過照相機的後蓋。

好容易人走盡了，那傢伙操着河南口音說：「來吧同志，勞您久等，這就給您照。」有意思，他把我當成他最忠誠的顧客囉。

他把我折磨了十來分鐘，讓我顛來倒去擺了七七四十九個姿勢，顯然這就是對我忠誠的回報。我領情，我敢說要是相機裏眞有膠卷的話，那肯定是張傑作，能打入貓頭鷹杯攝影大獎賽。「行了，」他按下快門，揮了揮額頭的汗珠，「二元四角。」

「兩塊四？不貴不貴，請問你用的是什麼膠卷？」

「日本貨，富士山的櫻花牌。」他笑着說，「反正包您滿意。等咱寄去您就知道了。」

我抓住他向我伸過來的手。「就怕我收不到，我從來沒見過哪個照相機能連拍一百七十多張照片，你可別是電影廠來的吧。」

那小子招架不住，說出一口誰也聽不懂的河南土話。打馬虎眼從我手底過關？他可想錯了。我一把揪起他的後領，「走，我們去派出所談談。」

他掙了兩下沒掙脫，便哭喪着臉告饒了。「大哥，您是明眼人，兄弟認輸。您要是缺少盤纏，兄弟今天掙的這些都算您的。何苦要斬盡殺絕呢，是不是大哥？」

「誰是你的大哥，跟我走。」我眉頭一豎。

「大爺，您饒了我這一回吧。我上有——」

「住嘴小子，我知道你上有八十老母，下有老婆孩子一大堆。你聽着，老老實實跟我走，要不我眞叫警察了。」

我說不清他身上到底有什麼吸引了我，大概是那長相吧。一見他那張臉，我就好像聞到股沾着大糞的青菜葉子味，耳邊立刻響起蘇州河上柴爿船的搖櫓聲。總之，他是這麼一個傢伙，叫你見了就想把他倒提起抖擻他口袋裏的錢，而絕不會提防他掏了你的腰包。在眼下這種用人之際，他可眞算一塊難得的材料。此外我大概還存着點懷舊之心，不瞞你說，當初本人出道時，走的也是這條路。我還記得自己提着一架從廢品站檢來的照相機，沿外灘攔截外地觀光客的情景。可要是到八十年代小的們還在照搬老套，還靠祖宗傳下的這兩手混日子，那已經不光他們自己丟臉，也是我們整個行業沒出息啦。

我把他帶進一家酒館，要了瓶白乾。一杯下肚，他身子抖得不那麼厲害了，我便像訓孫子那樣訓開了話。「小子，」我說，「算你狗運好，碰上了我。我不是個思想僵化的人，我知道人人都得吃飯，人人都有自己吃飯的路子，我尊重別人選擇的權利，我不囉唆。可做人總得顧顧自己的臉皮吧，你好歹也是條七尺漢子，如今天上飛的是導彈，地上看的是彩電，大家都講開系統工程了，你還在搞留下買路錢的營生，不覺得窩囊嗎！你以爲你是誰，黑旋風李逵？給你指條明路，要麼還回去幹你的老勾當，我敢說那是兔子尾巴長不了，要麼從今天起就給我提包，大爺帶你撈世界去。」

要不他怎麼能矇蔽了我呢，這小子眞有一點鬼機靈，他二話沒提，立刻來了個單膝下跪，腦袋在桌面上撞出一連串響。「大爺，」他哭哭啼啼，「小的知錯了，就求您老收下我這個不成器的徒弟吧。」

我們這一代的人恐怕沒幾個經歷過這種場面，所以也難怪我暈了頭。一高興，我把那瓶白乾都喝了，滿杯豪情說：「好，我姚某收下你這弟子了。不過現在是新時期，得有個新名詞，這樣吧，你叫我教授，我叫你學生。走，木瓜，到徐州去，教授讓你開開眼，叫你品八十年代的新風尚。」

我們到了徐州，找到那家公司。我一腳踹開經理室的玻璃門，那經理驚得把手裏的茶晃得到處都是，沒等他開口罵娘，我把合同拍到他桌面上。「看清楚了，這是三百臺彩電。我叫姚和，太原興大公司總經理，接住名片。聽着，一臺一千八，回扣一二%，少一子免談。成就成，不成就算。」

那經理拿着名片看了半天，「這上面寫的是楊華，上海大興公司董事長。」

「拿錯了，那是別人的片子，我們剛和上海談了筆生意。」我看準了又掏給他一張，「噢，這位穆先生，是南洋華僑，原籍咱們山西，在海外發了橫財，回來找出送錢的機會。你別看他穿着土氣，那叫我的中國心。他令尊穆老太爺，到如今還是長袍馬褂，頭上紮小辮子呢。」

當晚經理在淮海大酒樓宴請我們，飯後又用轎車送我們去臺兒莊賓館。關上房門後，木瓜急煎煎想探我的底。「姚和，不不，姚教授，您老是怎麼——」

我攔腰喝斷了他：「別他媽姚和姚和像趕鴨子上架似的，從今往後，我就是楊華，上海大興公司董事長。」

「楊教授，我說您老是怎麼把那些老財給騙了的？」

「什麼？你說什麼，我——騙人？」

這小子轉彎彎快：「不不，教授，學生知錯了，咱們這一行幹的是刀口上舔血的買賣，說話是該有個忌諱。」

「去你的忌諱。老子是無神論者，無所畏懼，軟硬不吃，還在乎幾句話？」我原想訓他一頓，可見到他滿臉的莫名其妙，心又軟了。誰叫我收了這學生呢，得給他上一課，「聽着木瓜，教授可不是爲你說穿騙人就生了氣，老實說，要是眞能夠上這水平，我睡着都笑醒啦，騙人？你想想這騙人容易嗎，一個個大活人，張口能嚷，伸腿能跑，你要騙他，小心他先把你騙了。敢說能騙人的都是咱們這行裏的超級高手，卡拉羊什麼的，不能上知天文下知地理，至少也能把洋文唸得嘰哩呱啦。你知道什麼是卡拉羊嗎？不知道？除了大尾巴綿羊沒見過別的羊？我知道。就這我不敢吹牛說能騙人。咱們這號的，充其量不過是幫助羣眾自己騙騙自己，離騙人這步還差得遠哪。木瓜，你得給我記住，人貴有自知之明，沒有金剛鑽就別攬瓷器活，謙虛使人進步，驕傲使人落後，山外有山天外還有天呢。」

我們回到太原，把桂林昆明十日遊孝敬了太原佬，徐州來的款子已經滙進他們的戶頭，所以他們又放出了笑臉，痛痛快快讓我取走那一二%，還擺下一桌爲我們餞行。上了火車，木瓜問我這回往哪兒去。「去上海。」我說，「你們北方佬太實心眼，我說我是包玉剛的舅子都有人信，掏他們的錢包就像是哄下三歲小孩手裏的蘋果，弄得我都不好意思啦。再說這麼幹下去對我們也沒好處，撈錢就跟下棋一樣，老和初學的下，自己棋藝不進則退。你看人家聶衞平喜歡找日本人幹，就這個意思。木瓜，我帶你去我老家上海，斬那些精得夢裏都在撥算盤的上海人，那才叫本事呢。」

實話實說，闖蕩江湖這麼久，我也有點累了，快四十的人，不能老這麼風裏來雨裏去。我想回家守着老婆兒子，用掙到的本錢開個公司，坐地生財幾年，然後光榮離休。不過你別誤會，我想開的可不是那種最新款式各色齊備特價供應欲購從速的貿易公司，我沒那麼傻，那些公司盡靠着咱們弟兄供貨，早晚還不關門大吉。我要開的是橫向型邊緣企業，願者上鈎的美太公字號，像洛陽那古墓一樣。

回到家，我讓木瓜他師娘出面租下間店舖，堂堂皇皇在門口打出「上海大興公司」招牌，下附兩行小字：「本公司不備任何緊俏商品決無優惠欲購從速者請勿入內」。把個木瓜看呆了。這小子連逆反心理都不懂，眞得跟着教授我狠幹一陣子革命呢。

我換上一套白西裝，打一個黑領結，全是外國佬穿過的舊貨，在馬路邊收來的。我給木瓜也喬裝打扮一番，讓他看起來像一個鄉下土財主，在上海做生意最要緊的是儀表，這裏只認衣裳不認人。沒等我們梳理完畢，第一個顧客進了我的公司，這是個身上吊滿金銀珠寶的服裝販子。我鼓足神氣，招呼木瓜上茶敬煙。客人擺擺手，叼出支「萬寶路」，問我有沒有可口可樂。老在內地混日子，看來連我都快要落伍了。

我宣講開公司章程。「本大興公司，實乃一家信譽卓著的保險公司，主要面向社會上各類自由職業分子。本公司業務分爲甲乙兩類，甲類爲人壽保險和財產保險；乙類爲營業保險，細分如下三種：一新產品投資保險，買了這項保險，則不必擔心試製新產品可能遭受的損失，二車禍保險，這是運輸專業戶的福音，三是破產保險，一旦事發，本公司支付的賠償金，足以使你東山再起，重圖復辟。」

那個渾身丁零噹啷的傢伙聽入了神，我趁熱打鐵，壓低嗓門：「此外，本公司特為開拓型的實幹家開辦兩種特殊保險，不過這項業務純屬朋友交易性質，只對本公司的老主顧開放。」

「說來聽聽，老板，我們的朋友遍天下。」客人興趣十足。

「聽好了，丙種保險又稱災難保險，以防偷稅漏稅、巧取豪奪、坑蒙拐帶、殺人越貨而不愼失手之萬一，保險額分五百元、一千元、三千元三種，判刑三年以上七年以下，本公司以五賠一；七年至二十年，十賠一；無期以至死刑，二十賠一。萬一你被判死刑或者死在牢裏，我們保證把賠償金如數送到你家屬手裏，供他們安度餘年。本公司最重信義二字，童叟無欺，買一張丙種災難保險，將徹底免除你的後顧之憂。」

不用說木瓜，連我都沒料到大興公司業務開展會如此順風。第一天關門盤點，我們已經做成了十一筆生意，丁零噹啷買了張人壽保險，五個出租車司機買了車禍保險，兩個賭徒買了破產保險，另有三個面目可疑的傢伙訂了我的丙種，其中兩人手指細長，像鋼琴家似的，擱桌上不住地跳，我認定是扒手，一人滿臉肉橫生，令我都不敢正眼相覷。

俗話說知人知面不知心，我便是犯了以貌取人的錯誤。事業剛剛起飛，木瓜就不能安分了。他三天兩頭纏着我，一會兒說新結識幾個伙伴要聚餐，一會兒說有人給他介紹了一位相好的，意思裏要分一份紅利。我聽着眞來火，想當初三毛學生意，滿師前一個子兒沒有，還得替師娘洗尿布，我待他算不錯了。可這話我沒好說，畢竟時代不同，我們名分上又是教授和學生，老規矩行不通囉。我告訴他，一切得爲將來着想，我把這些天的收入爲我們倆各買了一張丙種保險。「咱們也得給自己公司捧捧場，是不是木瓜。」他沒聲響，可我知道小子肚裏頭想的是什麼，打這兒他就伏下了反心。

要不是出了個意外，木瓜的眞面目興許還不會暴露那麼快。那個丁零噹啷像女人一樣的傢伙因爲鬥蟋蟀進了班房，他準是後悔自己瞎了眼，沒買我的丙種，卻保了人壽，於是由悔生怨，由怨到怒，把我們公司一鍋端了出來。那天大早開門，闖進一大幫人，把我和木瓜稀哩嘩啦拿進了聯防隊部。

候訊室裏的老房客虎視眈眈看着我們，眼裏像是滴血。我彎腰弓背進了門，踢掉鞋子，拉木瓜在門邊坐下。一會兒開午飯了，我衝着一個氣宇軒昂的漢子點點頭，把飯盒推了過去。「朋友，」我說，「小弟剛來，不覺得餓，這盒飯您賞光了。咱們不懂規矩，初次見面，還請多多關照。」

面，木瓜不知天高地厚，端起飯盒往嘴邊送，被個熊腰虎背的粗坯輕舒猿臂奪住，順便賞了個耳光。小子還打算還手，我忙攔住他，大聲說：「算了，小少爺，別看你是咱們司令的侄兒，在部隊上說一不二，到這地步咱們還是入鄉隨俗吧。」

那些大漢一驚：「你說什麼，他叔叔還是個司令？」

我嘆了口氣：「不瞞你們說，他叔叔是南京軍區的副司令，我是司令的駕駛員。司令讓我們來上海拖幾臺冰箱，在路上這愣少爺硬搶過我的方向盤，這下好，闖了大禍，在這拐角上撞扁一位老太太。你們說說，這叫我怎麼向司令交代啊。」

木瓜兩眼滴溜溜直轉，我知道他一定心急火燎。過了一會，他趁別人打着了瞌睡，貼上我耳朵說：「教授，咱倆這就加入部隊了？」

「好好聽着木瓜，」我說，「這可能是教授我給你上的最後一課啦。人人都像你這樣想，到這地步他總不會再哄人了吧，所以越是落難，我們越得放足了功夫。兵書上說置於死地而後生，可不也是這意思嗎。你看着，要是我們能脫身的話，這屋裏準有幾個托我買冰箱的。」

木瓜在我前頭被訊，回來喜笑顏開，說是立刻就能出去。「那問話的隊長姓陶，人挺和氣，他說了，咱們是小事一樁。」我心裏一鬆，讓他給老婆捎個平安口信，木瓜走了，全屋的房客都爲我打抱不平。他媽的，他小子壓死人，倒先出去了。什麼世道，高幹子弟橫行，小老百姓受氣。

陶隊長手捧茶杯，腿擱在辦公桌上，只顧吹開水面的茶末子，問話時都不看我。「你——知罪嗎？」

我聽信了木瓜的謊言，沒把這姓陶的放在眼裏。「隊長，我知罪了。」

「什麼——罪呀？」

「沒取得財政局的同意，無權開辦保險業務。隊長，我甘願受罰。」

「那麼——丙種保險又是怎麼回事啊？」

「隊長，您是明眼人，那都是丁零噹啷瞎說的，我怎麼可能——」

「聽說——你的公司開張第一天就做了十一筆生意，有三個顧客買了丙種保險？」

我腦瓜裏嗡地一響，好個學生，把教授賣乾淨了，心裏一急，我的舌頭就像山坡上跑馬。「我有罪，我有罪，請政府再給我一次機會，今後一定悔過自新重新做人，努力爲四個現代化奮鬥，隊長，您就抬抬手——」

「誰是你的隊長！」

「爺叔，饒了我這一回吧，我上有——」

「住嘴！你別跟我扯什麼八十老母未滿周歲的孩子，我可眞聽煩了。你以為你是誰？黑旋風李逵嗎？我說你們這些傢伙怎麼越來越沒出息了。」

我乖乖地閉上嘴，把頭埋到膝蓋中間，使勁擠起鼻子，準備弄出些貨眞價實的眼淚。

陶隊長品了口茶，說：「我不是思想僵化的人，告訴你，我知道人人都得吃飯，我也知道各人有各人吃飯的手藝，我本不想囉唆。可是我也有難處。今年街道發生的幾件案子，一件沒破掉，連先進都給刷下來了，再不幹出點成績，恐怕我這個隊長是當不成啦。」

「陶隊長，您別說了，您再說下去，我可眞、眞要哭了。」我擤了把鼻涕，「我算什麼東西，您對我那麼好，把心裏話都講給我聽。沒說的，士為知己者死，我這一百來斤就交您了，只要對您有用，隨怎麼安排都行，說我拐帶婦女也好，說我賣人肉包子也好，上法庭吐個不字，叫我出門被卡車撞死，吃魚被魚骨頭卡死。」

陶隊長眼圈也紅了。「你的心意我領了，可我怎麼能讓你墊背呢。再說，你那點事，再從嚴從重也上不了七年。」

「要是信得過我，您把我放了，明天我就送一對老牌扒手過來，好吧，外加一個攔路搶刼或者走私文物，」我咬了咬牙，不去想那滿臉橫肉的野小子會不會放我刀子，「我們可以搞聯營——不不，我是說立一個承包合同，我保證每年送幾個大案給您，包您老年年評先進拿獎金。」

「兄弟，你可眞夠朋友。」陶隊長一把把我摟在懷裏，他力氣眞大，壓得我兩肋好痛。就勢我探了他的屁股口袋，那裏有個扁扁的錢包，我敢說包裏超不過兩張十元大鈔，賭不賭？二十賠一。

老婆見了我，像狗逮耗子那麼撲將上來，連撕帶扯地喊：「天殺的，你可回來了，等得我和孩子好苦哇。」

「女人家頭髮長見識短，再大的風險，你男人哪回闖不過來？」我輕輕推開她。

「算了吧你，吹什麼牛皮，要不是木瓜從我這裏拿去三萬塊錢付罰款，你闖得過來屁。」

哎喲，這天殺的可把我坑了。三萬塊，一抖一響的票子，都是我身上一滴滴的血和汗哪。我一糊塗，就想把腦袋往水泥牆上撞去，虧得老婆死死拽住，緊接著我兩眼一抹黑，便天昏地暗，人事不省了。

醒過來時，我發現滿臉濕淋淋粘乎乎，知道是老婆把刷鍋水倒我頭上了。我翻身坐起，破口大罵，「混蛋，你還是個人嗎？眞該賞你三萬個耳光，終日打雁，卻讓隻呆鳥叼了眼，定時炸彈就在身邊，你還美滋滋地叫自己教授。」

罵消了氣，我冷靜下來，發現事情還沒那麼糟。木瓜小子準以爲老陶把我給斃了，他揣著三萬塊錢，還不在大上海花花綠綠一番，哪能立刻就走。他在上海沒混幾天，我倒不信找不到他的黑窩。

不出所料，木瓜在市郊給他相好的租下間房，我打聽到了地址。那地方很僻靜，房子比人行道還低，幾步石階通向黑洞洞的屋門，活像洛陽那古墓。我躲在不遠處的大樹背後，等他上門。這小子充好佬養姘頭，花的都是我的錢，我把牙咬得咯咯響，全忘了山外有山天外還有天。

第三天晚上，我把木瓜堵在了門洞裏。「好啊木瓜，老沒見了，我可是挺想你的。」

「我也想您哪，教授，這幾天爲您老的事，咱眞忙得沒吃過一頓香飯。」這小子眞跟我學了不少東西，見了我竟然對答如流。

「那麼說，我眞是你用那三萬塊錢換出來的囉。」

「哪能呢，準是師娘誤會了。您別急，咱們進屋慢慢說。」

他把我讓進屋，鎖上門，把手伸進一個碗櫃。我一慌，心想他可別亮出傢伙，我們是智力型的，對拳武行可不感興趣。哪知他亮出的是一瓶茅台酒。我暗暗好笑，這傢伙居然想把我灌醉，眞忘了誰是誰了。

「來來，相好的備了幾個菜，咱們師生倆邊喝邊說。」

我看了看那瓶酒。「你打哪兒弄來的茅台？沒見報上說，川狗子往酒精裏摻敵敵畏，販到沿海來害人嗎。」

「您老放心，這瓶酒是咱相好的弟弟從錦江飯店裏偷來的，便宜賣給咱，正牌子貨，給外國佬喝的，還能有假。教授，您瞧我先喝了，乾。」

他脖子一仰，咕嘟嘟喝盡，我也說乾，脖子一仰，把酒從胳肢窩下潑了出去。

「教授，您也不想想，咱能坑您嗎。咱算什麼東西？要不是您老，咱還窩在洛陽那墓邊發霉呢，沒您老哪有學生的今天，就是五雷轟頂萬馬分屍，小的也不算計您哪！來來，爲您老的教導之恩，學生敬您一杯。乾！」

他又喝了一杯，我又潑了一杯。

「師娘許是沒把小的話傳明白。咱拿了那錢，是想托人上下打點買通關節的，沒料想教授手眼通天，挪挪身就出來了，倒讓學生的一片忠心成了笑話。來來，學生再敬您一杯，祝您老萬壽無疆。哎——喲！」他一聲叫喚，雙手捂住肚子，臉色有點發綠。

「你怎麼啦？」我問。

「沒事。許是——哎喲，許是下午喝多了可樂，鬧肚子了。沒事，咱師生倆乾。」

他吭哧吭哧喝完，剛放下酒杯，身子便順著椅子滑下，躺地上打起滾來。

我冷冷瞧着，看他能折騰多久。他翻滾一陣，大概也覺得沒味，慢慢安靜下來。「戲演完了吧？」我說，「我們打開窗戶說亮話，這點酒灌不醉我，要賴皮也耍不掉我，你把三萬塊錢給我吐出來，看在你我師生一場，我也不想囉唆，只當是一口槽裏難拴兩頭叫驢，今後各走各的獨木橋。聽見了嗎，木瓜！」

他好像沒聽見，躺地上紋絲不動，我火了，一把上去拖他。這一拖拖得我六神無主，他胳臂冰涼，又沉又膩，不是塊新鮮肉，倒像是洛陽古墓裏剛出土的。我邊退邊說：「木瓜你別詐我。我可不吃這一套，你小子等着——」我扭開門鎖，跳出屋去，不想迎面撞在一個人身上，嚇得我慘叫一聲。

「你小子裝什麼神弄什麼鬼！」陶隊長把我推回屋裏，「我問你，你說給我送的大案在哪？我都他媽等了三天了，哼，要是你小子打算玩我——」

他忽然噤聲，死死盯着地，接着快步走到木瓜身邊，蹲下去，翻開木瓜的眼皮，我看見他視網膜上現出意外的狂喜。「死了！謀財害命？報復殺人？棒極了！比老牌扒手攔路搶𠠝走私文物加一塊還棒！死刑！至少無期徒刑！眞有你的，兄弟！」他跳到半空中，激動得兩眼發直。

「不是！」我拼足全力喊，「陶隊長，我沒有——」

他捂住我的嘴，吩咐屋外的手下去找法醫。等人走了，他噙着眼淚對我說：「別說了，我知道你不是失信的人。我錯怪了你，兄弟，你沒有玩我，你是我一生中最可信賴的朋友。你放心地去吧，弟妹和侄兒的事，我會負責到底的。」說罷，他無限莊嚴地擁抱了我，像是國家領導人接見外賓，順勢又給我套上手銬。

在警車上，我想到一件事，心情頓時痛快起來。不幸中的大幸，是陶隊長還不知道我給自己也買過張丙種保險。要不，他老兄準會說動我的老婆改嫁，讓我兒子姓他的陶，從而徹底毀了我這千秋事業的第三梯隊。

天橋

下了火車，我就看到了那座橋。

那橋架在兩山之間，從站臺這邊望去，就像是在天上。

我要去的地方叫臥牛關。《三國演義》上說，劉備的副軍師龐統，外號鳳雛先生，他領兵來到落鳳坡，中了埋伏，把命給送了。我娘是屬牛的，偏偏也就死在臥牛關。這究竟是不是碰巧，坐在車上的幾個鐘頭裏，我一直在想這件事，只是沒等我想出個究竟，火車已經到站了。

我隨着人羣一塊下車。我想我的模樣大概不太合羣。在這個小站下車的都是些趕集回來的農民，他們頭戴草帽，肩上扛着扁擔，扁擔一頭還有個用繩捆上的空麻袋，只有我一個是從城市裏來的。於是我摘下剛戴上的黑眼鏡。正午的陽光，一下照得我頭昏眼花，我趕緊把手遮在眉沿上。透過指縫，我看見了那座橋。

我走到站臺盡頭，那裏有一道用青石砌成的胸牆，牆外邊便是筆直向下的陡壁，大約有幾十米深，直落谷底。我撐住牆，探身向下望，谷底沒有水，只有些大大小小的圓石，也許從前有水，已經流乾了。

橋就架在兩面陡壁之間，好像橫在我頭頂上。隱隱能看出一條小路，從這邊的亂草叢中一個石階一個石階下去，越過底下的圓石，再從對面一個石階一個石階爬上。在對面的橋基旁，有一個石頭疊成的像牌坊似的東西，想來那就是關。我不由得說：他妹子的，這可眞是一座天橋哪。

「喂，那個人，你在那邊幹什麼！」

候車室門前有人對我嚷着。他大概看了我很久，準不知我想幹什麼。「小心些伙計，」他指着我說，「有人打那兒摔下去過。就在兩個月前，一個男孩，連腦漿都淌出來啦。」

我想告訴他，不只是那男孩，二十七年前，還有個女人也死在這谷裏，屬牛的女人。可就在這時，我又想起，我也是屬牛的。沒錯，我丁丑年生人，一九五七年，滿二十歲。

站在候車室門口的那個人就是臥牛關車站的站長。我走過去，問他站長在哪兒，他看看我說：「你找他幹嗎？」

我說有點私事。

「那就說吧，我就是站長。」他說。

我掏出手帕擦了擦汗，我說：「你們這裏天眞熱。」

「可不，」他不懷好意地笑笑，「要避暑你找錯了地方，你得去青島。」

他說得對，我不是來避暑的，我來是爲了找老娘的墳。可這事說起來有點麻煩，如果我說了，他們會問你母親的墳怎麼在這地方，我就得告訴他們一個很長的故事，等我講完了，他們又會問，你說你母親去白馬湖看你，可你在白馬湖幹什麼，於是，又有一個很長的故事。

我已經講了兩天了，前一天在南京，再前一天在蚌埠，還不算請假出來時在廠裏講的那幾遍。我想，要再這麼講下去，總有一天我能成爲一個說書人。

二

有一陣子我並不忌諱說我的故事，我想這不是醜事，至少不是我的醜事。可聽我講過的人好像都不這麼想，大學生就直截了當說我活該，他說這一切全他妹子是我自找的。

一九五七年，我二十歲，在大新機器廠做工。有一天，車間主任含着支煙走到我身邊，叫着我的名字。「王保，你來參加大鳴大放，給領導提提意見吧。」

我說我沒什麼可放的。

「上面號召這個，」他說，「你就帶個頭，不過是寫張大字報，發幾分鐘言的事。」

「我忙着呢，沒那個閒空。」

「別忘了，你還是生產班長喔。」他把煙頭在我的車床上摁滅了。

我帶了頭。我是生產班長，團員，廠足球隊中鋒。每周一三五晚上還讀夜校，學習機械製圖和俄語。我夢想有一天能和蘇聯專家臉對臉聊天。現在，除了達斯維達尼亞和赫拉肖之外，一句羅宋話都記不起來了。

我寫了七張大字報，我想一家伙超額完成算了，省得以後再加任務。在車間整風會上，我的發言達兩個鐘頭，這是因爲我不會說話的緣故。後來那些審查我的人說我是狡辯，其實這是眞的。會說話的人有思路，條理清楚，一點兩點三點，就把意思說完了。可我呢，這輩子從沒上過講臺，而且我連手錶都沒有，我怎麼能知道自己講了多少時間呢。

我特意換上了新的制服，把要說的話默誦了好幾遍，坐到講臺上，我先說了句「同志們好」，底下的聲音比我更響，班組裏的小伙子齊聲說「王保你好」。他們一起哄，我腦子全炸了，等下得臺來，都想不起自己說過些什麼。我問主任覺得怎麼樣。

「很好，」他說，「可你扯你爸爸踩三輪車，你媽媽刮魚鱗幹什麼？」

大學生聽我說起這些事，從床上一蹦子跳起來。那天夜裏非常冷，門前水塘上的冰結了半尺厚，我們住的近二十米長的大草棚裏，呼呼刮着風。可他竟然掀開被子，光着兩條細腿跳到我床邊。「你活該，」他指着我鼻子說，「讓你寫張大字報，你一寫就是七張，讓你發幾分鐘言，你一發就是兩小時，要碰上我，我也得說你對社會主義有刻骨仇恨。他妹子的，你這不是自找是什麼！」

「你才活該呢，」我說，「難道你妹子的就不是自找？」

他站在我床前愣了陣，然後一跳一跳蹦回去，鑽到床上，把被子蒙住頭，再也不說話了。

大學生沒有還我嘴，因爲他確實比我更自找，還因爲我是三班的班長，他幹活離不開我。割稻的時節，隊裏給我們的定額是每人一畝八分地，他割過一畝四便躺倒了，餘下的全是我帶着割的。

我笑他說：「瞧你妹子個大學生，手不能提肩不能扛，究竟能派什麼用處。」他倒在麥捆上連連喘氣：「你不能以貌取人嘛，說不準哪天，你也會要我幫忙的。」想不到後來他眞幫了我大忙。他給我介紹了三個對象，其中有一個就是我現在的老婆。

我在講臺上出洋相的幾個月後，反右運動開始了。風向一變，我倒成了別人寫大字報和發言的靶子。據說因爲我是工人，不能定右派，他們給我安上頂反社會主義分子的帽子。再過了一陣，廠裏決定送我去白馬湖農場勞教。

出發那天，車間主任陪我到廠門口，他拍拍我肩膀，語重心長說：「王保，好好幹。靑年人摔個跟頭沒關係，下去鍛鍊兩年，再回車間，我把那部車床給你留着。」他說話的口氣，就像是送我去光榮參軍。

不光是他，就連我老頭，我自己，當時也沒把勞動教養當成件事。我們是苦人家出身，靠勞動吃飯，在工廠是勞動，去農場也是勞動。何況我家本來就是在蘇北鄉下，是因爲打仗，才逃難到上海來的。

那是一九四八年，過了兩年，到一九五〇年，上海刮颱風發大水，我們全家又逃難回蘇北去。那時我已經十三歲，差不多的農活都能上手。我不怕下鄉，我老頭像是還有點高興，在我離開上海的頭一天晚上，他嘮叨沒完地談鄉裏的舊事，當然，都是些有趣的事。

前不久，我在報紙上讀到一篇回憶文章，那上面說，一九五〇年，上海市長陳毅想把上海的蘇北難民動員回鄉，他派出許多幹部去做工作，但毫無成效。到夏天，颳風一刮大水一起，不用動員，那些難民一個不剩全跑回蘇北去了。陳毅召集幹部們開會，在會上說，「想不到我們這麼些共產黨員，還不如一場颱風大水。」

寫回憶錄的那人當時也是個什麼長，他寫道：「陳毅同志幽默風趣地對我們進行了批評，」接下來他另起一行，「等颱風吹過大水退去，返鄉的蘇北難民又全回到上海，不僅如此，他們還把叔伯兄弟、村鄰鄉里的一塊帶了來，人數超過發水前的一倍。此後，再沒聽陳老總說起過那個計劃。」

想想也眞有意思，讓大名鼎鼎的陳毅市長傷透腦筋的人，我們一家就有三個。

在老頭子拉扯那些鄉村趣事時，我娘坐在小板凳上爲我補襯衫領子。她一邊補，一邊流淚，時不時撩起襯衫下擺抹抹臉。等我把那襯衫塞進板箱，它都已經是半潮的了。

也許，她隱約預感到，這一次分手後，我們娘兒兩個可能再也見不到面了。

三

廠裏准了我三天假，車間主任親自陪我去廠部打證明，然後又把我送到廠門口，他拍拍我肩膀說：「王保，好好找你媽的墳，也算盡了一份孝心了。記着，快去快回。」他是個好人，我從沒怨過他。他可能不記得了，上次他送我出廠門時，也曾叫我快去快回，只是我等了二十二年才回來。

我買了張去蚌埠的票，上了火車，我想這個月的全勤獎是白白拋了。說實話，我不知道能不能找到老娘的墳，連一成把握也沒有。我知道的唯一一件事，是她死了，死在二十七年前，從上海到蚌埠之間的某一個地方。

到中午，車到南京，我更覺得灰心了。一九八〇年，我從白馬湖回來的時候，一盒蓋澆飯只賣三角，這次卻要收我一塊五毛。

我從襯衫口袋裏掏零錢，大票子我全藏在內褲貼袋裏。這是老娘從小教導我的，她說，人多的地方千萬不能露財，她說得一點不錯，我們一隊裏有幾個刑事犯，只要有東西可偷，就是一張草紙都不肯放過。

還有一張紙，我也放在貼身袋子裏，那就是蚌埠鐵路分局公安處出具的死亡通知書。

鐵路公安處確定死者是我娘也費了一番周折。他們先發現一具無名女屍，接着抓獲了一個嫌疑犯，那嫌疑犯供認在三八一次車上害過一個女人，可他也不知道那女人姓什麼叫什麼從哪來的。三八一次車的列車員在打掃空車廂時，在座位下發現一個小旅行袋，找不到失主，便交到了分局公安處。

公安處的人把這幾件事聯繫起來，斷定旅行袋就是那被害女人的，他們打開袋子，取出兩件半新衣服、十幾包餅乾糕點、一小袋米、幾筒卷麵、兩條煙，最後看到用毛筆寫在旅行袋底的一個名字。那些餅乾糕點都是上海的食品廠生產的，由此他們推測被害人也來自上海。

那名字叫薛桂英，是我娘的大號。我去白馬湖前，她一定要我在板箱和所有衣物上寫下自己的姓名。現在我掀開襯衫，也還能在衣角上找到四個黑字，王保一隊。

我回到上海後，老頭子才把這些事詳詳細細告訴了我。那天上午他沒去踏三輪車，因爲老娘去白馬湖探望我了，他每天得自己做飯。

他一邊搧風爐，一邊聽筱文艷唱《秦香蓮》，他把我們家那架破收音機開得太響了，以至門敲了三下他才聽見。

老頭子打開門，門外是居委會的劉大姐和一個穿警察制服的人。老頭子說，他當時還以爲是我又惹出了什麼事。

劉大姐對他說，「這位是市公安局的老高同志，有事要問你。」

老頭子把他們請進屋，忙關上收音機，老高說：「你的女人名字叫薛桂英嗎？」

「對。」

「她在家嗎？」

「不在。到外地去了。」

「到哪裏去了？」

「到安徽白馬湖勞改農場去看我兒子。」

「你女人多大歲數了？」

「屬牛的，今年四十七。」

「她坐的是哪次車？」

「嗯，下午三點的。」

「哪天？」

「就是大前天。」

「你女人走的時候，隨身帶着什麼東西？」

「有一個小旅行袋。」

「那就對了，」老高喜出望外說，「告訴你，你女人薛桂英在火車上讓人給害死了。」

老頭子差點出手給姓高的一記耳光，他想不通這個吃公家飯的人作啥盼我娘去死。其實高同志喜的不是別的，而是終於找到了這個薛桂英。他告訴我老頭說，一接到蚌埠來的電話，他們便着手查找全市市民登記冊，「你知道全上海有多少個薛桂英？媽媽吔！我一看眼都花了，整整二百八十八個，還有一個是男的！」

根據蚌埠提供的線索，他們首先把那個男的劃掉了，第二步又排除了二十五歲以下和六十歲以上的薛桂英，剩下的數字是一百二十七。高同志說，我家是他們跑的第七十四家，真快把腿都跑斷了。「大部分人家還算好，敲敲門，問薛桂英在家嗎，開門的說我就是，有什麼事，沒事，屁事沒有，再見啦。可有的就麻煩，大門鎖着，上班去了，買菜去了，逛馬路走親戚去了，鄰居家也沒人，你等去吧。謝天謝地，現在用不着再找了。」

對他來說，薛桂英只是一個名字。

臨走前，高同志對我老頭子說，他們要和白馬湖聯繫一下，看看我娘是不是到了那裏。所以事情基本上是這樣可還不能最後下結論，但願……他沒說完就走了，也不知道他但願的是我娘在白馬湖，還是別生出其它麻煩。

過了兩星期，郵遞員送來了死亡通知書，老頭子一下癱倒了。正巧鄉下的叔叔來上海辦事，看到這情況，便把老頭帶回蘇北老家。老頭子在鄉下住了大半年，也就沒能去認領我娘的屍身。當然，即便他那時就去，看到的也只是一座土墳。

上海的薛桂英只剩下二百八十七個了，而我呢，還在白馬湖眼巴巴盼着那個小旅行袋。

四

動身去白馬湖時，我還覺得自己是去參軍。我乘坐的那節車廂裏全是各廠家報送勞教的工人，年輕人居多，情況和我大致相同。他們有的玩牌，有的哼歌，大概都以為是幹一兩年農活的事。車廂兩頭各有一個公安，他們倆倒也沒去掃他們的興致。

火車到站頭，押運的換了一批人，推推攘攘把我們弄上卡車。那批人臉板着，喉嚨也大，不過我當時並沒有在意。皖南山區的景物，讓我想起了自己的童年。

卡車開了近六小時，才把我們送到農場。我們在一塊空地上按高矮排隊，空地前是一排紅磚瓦房。有個人從瓦房裏向我們走來。後來我們知道，那排瓦房是隊部和管教員的宿舍，那個走到隊列前面來的人就是指導員。

指導員說：「你們現在到了白馬湖農場，我們這裏是第一分隊。從今天起，你們必須服從管教員的命令，只准老老實實，不准亂說亂動。在這裏只有三件事，勞動、學習、改造思想。我警告你們，不要動什麼壞腦筋，農場周圍幾百里都是大山，公路上儘是哨卡，從來沒有人能從我們這逃出去。不相信問問他們。」

他指着站在遠處的一夥人，那些家伙嬉皮笑臉，點起頭來倒是毫不含糊。

「是不是？」指導員又說，「我話講在前了，可不要自討苦吃。好吧，現在讓老犯人帶你們到宿舍去，大家先安頓下來，今天就放假了，明早六點下湖。還有什麼不清楚的你們就問老犯人好了。」

站在遠處的人都跑了過來，把我們的隊列衝散了。一個大塊頭拿過我的板箱，另一人搶過我背着的書包。我跟在他們身後走，看着那人把一寸長的指甲伸進我書包。

我問他們是怎麼到白馬湖來的。

那長指甲笑笑說：「這大塊頭不是好東西，他妹子的，強姦人家閨女。我嘛，只不過有時手頭發癢。」

到那天晚上，我再沒什麼不清楚的了，現在我是一個犯人，像所有的犯人一樣。

到蚌埠，已是下午五點。我去鐵路分局，門衞說全下班了，叫我第二天清早來。街對面有家小旅社，我進去開了個床位。

客房是四人一間，我進屋時，另外那三個正懶洋洋躺在床上，一見我，他們全蹦起來，不由分說拉我和他們一塊「拱猪」。他們自我介紹是老劉、小胡、大孫，又口口聲聲叫我王大哥，好像他們已經盼了我很久似的。

玩過幾局，小胡塞過來一支煙，問我：「王大哥，你手頭有些什麼貨？」

我沒聽懂他的意思。

老劉解釋：「小胡是說，你從上海來，有什麼要出手的。」

我說沒有。

「那你想辦些什麼貨？」大孫說。

這下我明白了，他們幾個都是供銷員，而且以爲我也是幹這行的。大孫說，他可以供應花生、玉米和兎毛，急需鋼材，不管板材線材鋼錠，哪怕是鐵釘也好。我告訴他我什麼都沒有什麼都不要，我出門時是爲了點私事。他們追問是什麼私事，我就說了我的故事。

小胡和大孫搖搖頭，連聲說「打牌打牌」。沒想那個老劉卻感了興趣。「王大哥，」他說，「找到你媽的墳，你又打算怎麼着呢？」

我說誰知道能不能找到呢，要能找到，我要把娘的屍骨起走。

「好主意，是得挪個地方。」他想了想，又說，「我知道南邊石門山有個公墓，來往便利，地方又安靜，風水更沒得說，價錢也很公道呢，一塊永久墓地，水泥椁，帶刻石碑，才百十來塊錢。你媽就上那兒去吧？」

我連忙說不。

「你聽我說呀，那裏還有專人打掃衞生，每逢清明節，奉送每位一束鮮花。多好啊，王大哥。」

「好是好，」我說，「可我把我娘起出來，是要送回蘇北老家，跟我爹的骨灰合葬在一塊。」

第二天清早，我便離開了旅社，那姓劉的扔給我一張名片，說要是我改變主意的話，隨時可以找他。我看了看名片，那上面印着：「石門山花園公墓經理，劉二富，地址，中國安徽歙縣石門山鄉。」背面還有一行小字，「環境舒適風景優美，安置親友的理想樂園。」要是誰想給白馬湖做個廣告，我看沒什麼比這段話更合適的了。它是個山間的小湖，湖水碧綠，沒有一條波紋，像鏡子似地倒映出四面的羣山。我第一次看到這湖時，忍不住想唱歌。「乖乖，」我說，「這裏的風景眞太優美啦。」

我話音才落，一浪浪回聲從四面擁過來，湖邊蘆葦叢裏刷刷地響，飛起兩隻雪白的水鳥。「風景？」長指甲說，「風景管什麼用，咱要把這湖塡掉，滿滿種上水稻。」

他又說：「這可是個大工程，光靠咱這些老隊員，累死都忙不了，幸虧你們來了。說不定，你們本來都沒事，就爲了要塡這個湖，才吃的官司。」他幸災樂禍地笑了。

過了一星期，早上點名的時候，長指甲被叫到隊列前頭，指導員當場宣布，給他加刑兩年。

這是老犯人給我們上的第一課。接着，我們又學到兩件事。一是讓家裏寄信來時，在郵票上塗滿漿糊，這樣，我們就能把漿糊連同蓋在上面的郵戳一塊洗去，再次利用那張郵票。二是叫他們把香煙拆包，夾在信裏寄來，一封貼一角六分郵票的信，可以夾帶二十支煙，就是整整一包。

有誰說得清二十支煙淨重多少？白馬湖的人都知道，八錢。

五

我來到鐵路分局公安處，有一會沒人理我，辦公室裏人人埋頭幹自己的事，看樣子都很忙。我攔住一個小青年，說有事找他們的負責人。

「你找他幹嗎？」小青年問。

我說我想了解一下有關我娘被害的情況。於是，一個很長的故事。

「那都是哪一年的事了?」他問。

「六〇年。」

「嗬,」他翻翻眼睛,「二十七年前,出土文物啊。」

他叫我等一下,自己走進辦公室,過了幾分鐘,他又回來。「沒人知道這事,」他對我搖搖頭,「我們這裏都是新來的,那年月的檔案在『文革』中都弄丟了。」

他帶我爬了三層樓,拐過幾條走道,轉得我都迷失了方向,最後在一間大屋子裏見到一個老頭。這回是他來說我的故事,而我當了聽眾。

「聽着耳熟,」那老頭說,「像是有這回事,不過我不清楚,這樣吧,你問問孫鬍子,他可能知道。」

「哪個孫鬍子?」小青年問。

「孫鬍子都不知道?原來二科的科長,去年調南京鐵路職工療養所當所長去了。」

我心涼了一半,我想可能那孫鬍子也不清楚。小青年說他可以掛個電話過去,免得我白跑一趟。我眞心誠意謝他,我說現在像他這麼熱心的青年人,眞是難得一見。

「你可別這麼說,」他好像覺得我是在損他,「誰有那些熱心,只是你這件事,有點不同一般罷了。」

我同意，的確不同一般，有點像出土文物。

蚌埠到南京的電話並不好打，小青年一面撥號，一面罵娘，後來接通了，人又不在，在那邊去找人的空檔，小青年向我提了一個問題。「老王，當你知道你母親被人害了的時候，你心裏在想些什麼東西。」

我回答他說：「時間隔得太久，我已經不記得了。」

在電視新聞裏看到過這樣一個鏡頭，滬杭公路發生車禍，一輛旅遊車和一輛卡車相撞，旅遊車爆炸起火，當場燒死五人，傷十幾人。趕到醫院的記者把話筒伸到一位傷員的嘴邊，說，「請問起火的時候，你都在想些什麼？」

那傷員回答：「媽的，那時我差一點就死了，你說我還能想些什麼？」

這是晚上六點半的新聞節目，到九點鐘重播時，這段問答已經剪掉了。

下午收工後，指導員讓大學生給我帶話，要我立刻到隊部去。我來到隊部，指導員正等我。

談話前，指導員先遞上一支煙。我一口抽去了三分之一。我已經斷煙幾天了，最後那封信裏，老娘什麼也沒夾，她說隔兩天，她就動身來白馬湖看我。

「你在等你母親來農場吧？」指導員說。

「是的，按說她前兩天就該到了。噢，這件事我向隊領導滙報過。」

「你不要再等，」指導員說，「你母親來不成了。」

他沒說別的，因為他也不知道。他只接到一個電話，說是勞教犯王保的媽在來農場的途中死了。

回到宿舍，我打開板箱，取出一雙包在報紙裏的球鞋。那雙鞋是離上海前老娘替我買的，還沒穿上過腳。我扯去裏三層外三層的報紙，慢慢地穿鞋帶。大學生坐在對面床上看我，他也知道了我娘的事。

我穿上球鞋，走出宿舍，那時，天已經黑了。我摸黑走了十里山路，走到一個叫黑山杜的小村裏，找到一戶農民，用那球鞋換了一小袋炒黃豆。然後我赤着腳，又摸黑十里回隊，一邊走，一邊吃豆子，等走到隊裏，豆子也吃光了。

大學生還沒睡着，「你到哪裏去了？」他問。

「找老鄉了，拿球鞋換了點炒黃豆。」

「你去了黑山杜？」他撐起身子，「不合算，去十里山路，耗的熱量抵半袋豆子，來十里又抵半袋，你白白丟了一雙新球鞋。」

他嘆了口氣又問，「還有豆子嗎？」

「沒了，都吃光了。」

「去他妹子的。」他說。

老娘出事之後，我斷了煙路。在那以前，老娘每星期都來三封信，也就是六十支煙。後來她來信說煙票難搞，最多只能寄兩包了，讓我少抽些，對身體也好。她不知道，那六十支煙並不全是我抽去的，至少有大學生的三分之一。

那時候大學生幾乎天天去隊部，其實那裏沒他的事，因爲他家裏很少有信來，他去是看有沒有我的信。要是拿到信，他就會一路跑回草棚，高興地叫道：「班長，有東西來了。」在我拆信的時候，他眼巴巴地望着我，像一條養熟的狗，我還有什麼辦法。

我分給他幾支煙，得到煙，他立刻叼在嘴角上，拿着火柴，卻不馬上點燃，好像想把癮頭熬得更足些。然後他點上火，深深吸一口，心滿意足往床上一躺，問我：「班長，你媽媽信裏說點什麼？」在心裏，他已經把我的信當成了他自己的信。

對我娘的事，他和我一樣難過。他告訴我：「班長，我對你說眞心話，我眞恨不得死掉的是我媽媽。他妹子的信不信由你。」我相信他說的是眞心話，他有點恨他的家裏人。我聽他說過，他家裏很有錢，是開廠的，就是這年頭也不愁吃喝，可膽子比雞還小。我想也難怪他爹娘膽小，大學生和我們到底不太一樣，他是判了二十年的反革命犯，要是我有這樣的兒子，我不踢爛他屁股才怪呢。

自那以後，我只能用到農場外出公差的機會，在小鎭裏買煙了。可那種機會不多，大部分時間，我就和大學生一起聞別人的煙香，眞難受的時候，我們把乾黃豆葉搓碎了卷煙。這辦法是一個老犯人傳給我的，他當過國民黨的兵，從前上過白麵癮。他說他曾經把冬瓜上的粉霜刮下來，當白麵吸過。

我問他味道怎麼樣。

「比眞白麵多少要差點，」他說，「不過話得說回來，要是你饞極了，也就覺乎差不了多少了。」

後來，我告訴車間裏那些小青年，我抽過用黃豆葉卷的煙，他們也一個勁地問我味道怎樣。「比紅牡丹當然是差點，」我說，「可要是你平生第一次抽，那口味和現在的外國煙也差不了多少。」

六

我買了上午十一點二十的票，從蚌埠直奔南京。孫鬍子在電話裏說，他知道我娘的事，要我去南京找他。等見了面，他又對我說，其實我已經兩次經過我娘死的地方，那地方叫臥牛關。我說我沒這個印象。

「你一定有的。快車不停臥牛關，可那裏有座橋，架在峽谷間，是必經之地。即使你沒注意到那車站，你肯定看到過那座橋，沒準還看到過你母親的墓地呢。」

「當然，」他又補充了一句，「這是說，如果你老母親的墓還在的話。」

劉二富的名片後來被我扔進了臥牛關的深谷。我靠着胸牆，望那座橋，我忍不住嘆道：「他妹子的，這眞是一座天橋啊。」襯衫口袋裏有什麼東西頂着，我掏出一看，就是那張名片。我把它攔腰撕成兩半，一伸手，丢到了胸牆外。

從我站的地方向下看，那兩半名片，就像兩只白蝴蝶，在空中翻捲，一會兒被風托起，一會兒又直落而下，其中的一只，停在了伸出陡壁的荆條上，另一只墜到谷底，隱沒在大大小小的圓石頭中間。

也許哪一天，有人會撿到半張硬紙，或者是「環境舒適風景優美」，或者是「安置親友的理想樂園」，他們未必會想到，這上面說的只是一塊墓地。

老頭子臨終時，腦筋已經糊塗了，他認定我娘的墳在蘇北老家。這也許跟老娘的暴死有關，那次他受的打擊不輕，在鄉下養了大半年，直到那兒鬧了春荒，才回到上海，而且再也沒有先前那麼壯實了。

困難時期，上海各行各業都號召職工回鄉，減輕國家負擔。我家在鄉下有根，三輪車隊的領導幾次三番上門來做動員。老頭子給他們來個一聲不吭，把筱文艷放得震天響，把風爐搧得滿屋子煙，叫所有的人都呆不下去。最後，隊領導終於對他死了心，他們說他是帶着花崗岩腦袋去見上帝的人。

肉腦袋頂不動花崗岩腦袋的，陳毅也試過，沒成功，更不用提別的人了。

老頭以爲他爲我做了件好事。十幾年後，他對我說：「他們想把我趕到鄉下去，就是不想讓我再回上海。我知道這些人的壞心思，我就是不走，就要給你留下條根。你看，現在他們只能放你回來了吧。」我想說我的事是落實政策，跟他沒關係，不過那陣他腦子已經開始變糊塗了，我就沒掃他的興緻。

老頭照常踏他的三輪車。後來三輪車被淘汰了，年紀較輕的改行學開小烏龜出租車。他太老了，就安排在出租車站裏看門。直到我回了上海，他才退休。

那以後，他的身體一天不如一天，起先他還能上街買買菜，後來就只能坐在家裏聽聽收音機，再後來，他連坐都不能坐了，日夜躺在床上，念叨要我快些找個女人成家。三年前他死了，到底也沒能見着他那兒媳婦和我那十一歲的兒子。

最後幾天，老頭是在病房裏度過的。進醫院時，醫生給他檢查過一次，完了對我說「就這樣吧」，以後再沒露過面。我白天在廠裏上班，晚上到病房陪夜，到底不是二十多歲，連熬了幾晚上，我也頂不太住。好在老頭子不用多服侍，大部分時間，他都迷糊着，根本不知道我是誰。當他清醒過來，他會伸過手來摸我。「王保，」他說，「等我死了，你把我送回蘇北老家去，葬在你娘的墳裏。」他反覆說的就是這句話，我眞不明白，他怎麼會以爲我娘的墳是在老家。

老頭子死在冬至夜。那是大節氣，老年人的難關。他掙扎了很久，也沒能闖過去。偏偏那天夜裏，我伏在床邊睡着了，等醒過來他已經去了，所以我只知道他死在深夜十一點到凌晨五點之間。

七

在南京，我做了件傻事。我找到鐵路職工休養所，攔住每一個長鬍子的便叫孫所長，那些傢伙都搖搖頭，把手往別處一指。最後我遇到一個跟我年紀相仿的人，問他有沒有見過一位長鬍子的老頭，據說是這裏的所長。那人摸摸光溜溜的下巴，說：「我就是所長，姓孫，孫鬍子是我的外號。」

過去我們三班有個肥東縣人，他身高二米零一，拳頭伸出來有我臉大，三四百斤的擔子他挑着像根稻草。他出外幹零工，跟一幫侉子吵了架，五個男子漢操着扁擔圍攻他，結果全讓他打趴下，其中兩個終身殘廢。就爲了這事，他進了農場。

一九六一年他死了，不知是餓還是病。我們把他埋在宿舍後的山腳下。他的屍身，用兩張草蓆裹還露出腳板，從宿舍扛到山腳這點路，累得全班十個人都喊爹叫娘。

這麼個肥東佬，他的小名叫小矮子。

孫鬍子把我領到他的辦公室。那辦公室很大，窗外是一片竹林。我告訴他蚌埠那邊的人都不清楚我娘的事，檔案也都毀了。孫鬍子沉思片刻，說：「這麼說，我是唯一了解這案情的人了。」我覺得他像是有點爲此而自豪。

孫鬍子告訴我，老娘死在臥牛關。他打開電風扇，讓蒸籠似的屋裏吹起股熱風。「那時我剛到公安處不久，」他說，「臥牛關車站打來一個電話，說他們那裏發現一具女屍，不是當地人，要我們馬上去人處理。處長就把我派去了。」

「屍首在車站附近的一條山溝裏，是摔死的，腦殼全碎了，我作了檢查，在她身上沒找到任何東西。檢查完了，我讓車站站長趕快找人把屍首埋了。你明白嗎？那是七月裏，天很熱，就跟今天差不多，我不得不這麼做。」

「我明白。」我說。

孫鬍子隨後就回了蚌埠。當時他以爲，像這種無頭案子，可能一輩子都查不到水落石出。沒想到就在那天夜裏，一個派出所給分局公安處去了電話，說有名罪犯牽涉到鐵路上的案子，要他們一塊去審訊。

罪犯姓金，是個復員軍人。他爲什麼進的派出所孫鬍子也不清楚。民警在姓金的身上找到一些全國糧票，問他從哪弄來的，不料他一聽這問題便號啕大哭，說他該死，財迷心竅，在火車上害了一個女人。

孫鬍子他們趕到派出所時，他還哭得像個小姑娘似的，又是眼淚又是鼻涕，怎麼也不肯回答問題。後來他開口了，又不知道哪來那麼多廢話，叫他停都停不下來。「他是在浦口上的車，」孫鬍子對我說，「正巧坐在你母親對面。那天乘客很少，整節車廂裏沒幾個人，他和你母親閒聊，你老母親告訴他去南邊什麼地方探望兒子，可能就是那會兒讓他摸了底去。到半夜，車上人都睡着了，他把你母親騙到兩節車廂中間，也可能是你母親去上厠所，他悄悄跟着，在那裏他把你母親揞昏了，拿走了糧票。他有一串列車上的鑰匙，逮到他時還在他身上，他就用那個打開車門，把你母親推了下去，然後大搖大擺回到車廂裏。」

「他拿走多少糧票？」我問。

「八十斤，」孫鬍子說，「不過我們抓到他時，多數已經賣了用了。他在蚌埠下車，但忘了把你母親的旅行包帶走，可能他沒發現。我們找到那包，才知道你老母親的姓名，這才跟上海方面聯繫。」

那以後的事我都知道了。上海公安局的高同志告訴了我老頭，老頭子告訴了我。一個很長的故事。

老頭子從沒對我說起過糧票，他只知道老娘帶了個旅行袋給我，但那袋裏裝了些什麼他也不清楚。結案之後，蚌埠鐵路公安把旅行袋送到上海，可那時叔叔已經帶老頭回蘇北老家了，他們便把它扔在派出所裏。等過了大半年老頭回到上海，才把那袋子打開。他後來對我說：「天曉得你娘從哪塊弄到這些個吃的，那年頭買餅乾都要憑糕點劵。」

自然，當他打開旅行袋時，那些個吃的全都發霉了。

要是知道那八十斤全國糧票的事，他肯定會大吃一驚，要是他知道除了糧票外，老娘還帶了些錢給我，我想他說不定還會發脾氣。娘在最後那封信裏告訴我，老頭子爲着寄煙的事和她吵了幾次，「他又跳又鬧，說我只想到你，把煙全寄給你，他抽什麼。」也就在那封信裏，她寫道，要帶些錢和糧票來農場。

她只是這麼提了一筆，沒有說多少錢多少糧票。現在我知道糧票是八十斤，可錢的數目大概一輩子也弄不清了。那兇手沒找到錢，孫鬍子也沒找到，要是我能相信嬸嬸說的話，那些錢就在娘貼身內衣的暗袋裏，早和她一塊埋在臥牛闕了。

我不知道她是怎麼攢下的錢和糧票，我想一定不容易，因爲她得瞞着老頭子。我小時候，她常去菜場替人刮魚鱗，有時叫我去給她扛桌子。她戴着頂白布帽子，把頭髮全塞在帽子裏，身上套着油布圍單，坐在一幫老太婆中間。她們各人面前都有一張小木桌，買了魚的人，把魚往桌上一扔。她不收錢，只留下魚鱗魚內臟和帶魚頭尾。一些養貓的人家，每天到她攤子前來買貓食，一份三分或五分。她把錢放進圍單口袋裏，回家路上，拿出兩角錢給我。

這是我小時候的事，自從我進了廠，她就不去菜場了，說是要給我爭爭面子。

我還在那個菜場買菜，現在刮魚鱗的老太婆要收錢了，要不就得在她們手裏買葱薑。在我娘先前放桌子的拐角上，常常能看到幾個外地來的小姑娘，她們擺下一籮大大小小的搪瓷燒鍋和塑料食品盒，不賣錢，只換糧票。有一次我問她們大號燒鍋怎麼換，有個姑娘舉起一根指頭。

她要一百斤全國糧票。

我在鐵路職工休養所裏住了一夜。孫鬍子領我走進一棟樓，這樓是新蓋的，每間房都有空調和彩電，鋁合金窗茶色玻璃，衞生間鋪着大理石牆面。孫鬍子說，這樓專門接待副局級以上的幹部，每張床位收二十五塊錢一夜。

我急忙說我不用那麼講究。

「不要你出錢，」他笑了笑，「空着也是空着，今天讓鐵道部請你的客。」他走到門口，回過頭又問我：「王保，你老母親，她叫什麼名字？」

「薛桂英，」我說，「薛仁貴的薛，穆桂英的桂英。」

「對，我想起來了。爲了她的身份，我們費了多少神。我問過那兇手，他說皮夾裏只有糧票和一點零錢，沒別的東西。你母親出門怎麼不帶證件呢？」

我說她沒法帶證件，她是個刮魚鱗的女人，除了戶口簿，沒別的東西能證明她的身份。

孫鬍子走後，我才想到高同志的市民登記冊。那上面也有我娘的名字，不過她是二百八十八分之一。在她的名字後面一定已經蓋上了個橡皮圖章，「註銷」。眞希望有一天能親眼看看這本登記册，我要翻到王保那一頁，我想那時我大概會看得頭昏眼花。二十七年前，全國人口是六億，上海有二八八個薛桂英。今天，我們總人口已經超出十億，上海會有多少王保？四百？五百？六百？也許其中有五分之一還是女人。

還有一個傢伙，手裏也揑着這樣一本册子，那是閻羅王。小時候，晚上不肯上床睡覺，老娘便講這故事嚇我。她說，閻羅王手下有兩個小鬼，叫牛頭馬面，一到夜裏，他們倆便把生死册捧到閻羅王面前，閻羅王用紅筆劃掉誰的名字，牛頭馬面第二天就把他的魂勾到陰間。「聽到了吧，」她輕輕對我說，「別出聲音，要是吵煩了閻羅王，他明天就叫牛頭馬面把你抓了去，那你可再也見不到你的娘了。」

在閻羅王的那本册子上，我娘的名字早已被紅筆勾去，我的倒還在。說不定有一天，他曾把紅筆懸在我的名頭上，但是他說：「這個王保，本該在二十六年前餓死，旣然逃過了那一關，就饒他多活幾年吧。」於是他把那一頁翻過去了。

對閻羅王來說，王保也只是一個名字。

八

沒錯，一九六一年我差點沒餓死。不過眞正的危險，還在那之前三年。

那是我們到白馬湖的第一個年頭，外面興開了食堂，吃飯不要錢，農場裏也是放開肚子儘吃。因爲沒別的菜，油水不足，每頓我至少要夯掉兩斤米煮的飯。我的胃口就是在那時撐大的，可在那裏，我只算是一隻老鼠。

那幾個月是農場最好的日子，我們吃得下，幹得動，簡直不覺得累。我們把白馬湖四周山頭的樹都砍光，在山上取土，半年工夫，那麼大個湖竟被我們塡平了。

我完成的土方在我們全隊數第一。有一天指導員拿着統計表來找我，他說：「王保，你小伙子幹得不錯，以後就當你們三班的班長吧。」

我在工廠時是班長，到農場還是班長，巧的是，二十二年後，我回到廠裏，車間主任又叫我當班長。

到年底，說是再不能這樣無限制地吃下去了，得規定個定量。那天食堂最後一次敞開供應，隊領導親自操勺打飯，他們想看看我們這些傢伙一頓到底能吃多少，定量怎麼定合適。大家下午在田裏便商量好了，晚上要狠狠夯它一傢伙。打飯是挨着班來的，等我們三班出場，隊裏那些領導眼都直了。我們十個人，一人捧一洗臉盆，打了滿滿七臉盆飯，三盆菜湯。

指導員用飯勺點着我鼻樑說：「王保，你可不要眼睛大嘴巴小啊。」

「看着吧指導員，」我說，「要是剩得下一口，你加我三年勞教好了。」

那是六點多一點，等七點鐘指導員跑來查看時，十個臉盆全都底朝了天。他連連搖頭，一聲不吭走了。第二天早上點名，他說：「現在我算是服了，我們一隊的人個個都是飯桶。」

其實我並不能算飯桶，拼足了命也只吃掉半臉盆。小矮子一人就下去兩盆。看他喝菜湯那架勢才怕人呢，他用一隻手托住盆底，洗臉盆在他掌心裏只有個碗大，他手輕輕轉動，嘴湊在盆邊吸了半圈，臉盆裏的水位頓時跌下一大半去。

那天夜裏，我躺在床上怎麼也睡不着，胃裏難受極了，翻過去倒過來都覺得位置不對。

過了一會，開始一陣陣脹痛，好像裏面有什麼活的東西想硬擠出來。我想下床，可發覺直不起來腰，於是我便哇哇地叫喚起來。

小矮子跑過來，把我提下了床，他一手抓住我左臂，另一手抄在我右肩窩下，就這麼架着我，在宿舍外來回走。他腿長，走一步等於我跨兩步，我叫他慢些，他理也不理。我連滾帶爬，迷迷糊糊的，直到鷄叫了頭遍，才覺得鬆快些。

第二天我去場部醫務室，醫生對我說，幸虧是走了一夜，要是躺着，你必死無疑。

我這條命算是小矮子救回來的，可在架着我走的時候，他卻口口聲聲說我有福氣。他說，從他記事起，他就沒嚐到過胃脹是一種什麼滋味。

他自小身架就大，九歲時已經高過他爹，吃起飯來頂兩個大人。他爹給他起個小名叫小矮子，想把他壓住，沒想反壓出這麼個大個子來。

他十四歲時，就能挑三百斤的擔子，盡管頓頓是稀湯全家的口糧也不夠他一人喝的。他爹娘嚇壞了，便叫他自己出外去找零活。他什麼活都幹，不要錢，只要稀飯管飽就行。也有人樂於雇他，因爲拼起力氣，他一人能頂三個。農忙時節，他回家幫着幹幾天，等最緊的那幾天一過，他爹媽連忙再把他趕出門去。

小矮子這輩子最了不起的一件事，是差點被選進省青年籃球隊。有一天他正在合肥市郊晃蕩，想着去哪兒弄點活幹，突然被一個人攔住了。「那是常有的事，」小矮子對我說，「那些吃飽了閒得慌的小子，常圍着我看上看下，好像我是個五條腿的牛犢。我可沒工夫理他們。」

不過這回不同了。那人是省籃球集訓隊的教練。

教練把小矮子帶到集訓地，他在那裏住了三天。那三天裏，教練成天讓他跑步，讓他蹦跳，讓他彎下腰在地上檢球，還讓他一次次投籃。小矮子說，幹一個麥季他都沒那麼累。三天後，教練打發他上路了。對他的評語是：沒速度沒準確性，反應遲鈍，原地摸高一公分半。

「他妹子的，」小矮子憤憤不平，「我怎麼跳得起來，他也不想想他給我吃的是什麼，每頓就那麼兩小酒盅，沒準他以為我是隻大螞蚱。」

我說：「小矮子，今晚上你總該撐夠了吧？」

「還行，」他說，「總算吃了個半飽。」

農場給我們核的定量是每月六十斤，第二年減到五十，夏收一過，是四十五斤。接着四十二斤、三十八斤、三十三斤、二十八斤、二十四斤，到一九六一年春，三年自然災害的最後一年，我們的口糧只有二十斤了，每天合六兩多一點，就是說，三天的糧不夠我一頓吃的，食堂裏還要扣去些斤兩。

大家的臉餓小了，眼睛餓大了，整天東張西望，想找出些什麼，但什麼也找不到。田裏能活蹦亂跳的，早讓人抓來吃了，連野菜都不剩一根。沒人再上黑山杜去，跑不動那段山路，再也沒東西能換糧食。就算有，黑山杜的老鄉也不會給換，他們總算弄明白，糧食要比一切都寶貴，不過那時才明白已經晚了。他們比我們更糟，連每月二十斤的定量都沒有。

那段日子人人走路都是搖搖晃晃的，什麼活都幹不動。管教員也知道這個，可照樣每天趕我們下田。他們是好心，想讓我們多晒晒太陽，免得染上傳染病。大學生說：「為什麼我們不是植物呢，要那樣，靠着皮膚就能進行光合作用。」他是一九五九年底才來白馬湖的，沒經過農場的好日子，也沒讓人架着從寒多臘月的半夜走到天明。

我們躺在田埂上，脫去上衣，把精赤的胸脯向着太陽，只有他一個還把襯衫緊緊裹着。長指甲惡狠狠說：「他還羞羞答答呢，都判了二十年徒刑，難道還怕咱們看見。」於是大學生也把衣服脫了。

他在田溝裏抓了一把濕泥，抹在右臂上。那條臂上刺了一條反動標語，他想把它蓋住，免得引人注目。但別人一看到他胳膊上的泥巴，自然而然就會想起泥巴下的字。

那條標語叫「反共救國」。

眞他妹子的反動透頂。

九

刑滿釋放後，大學生終於在上海第九人民醫院把那條標語連根挖掉了。九院的整形外科聞名全國，他們能爲燒傷燙傷的病人整容，也能爲要漂亮的女人開雙眼皮，裝高鼻子，據說還可以做假奶。大學生躺在手術臺時，有個姑娘在門外大吵大鬧，哭訴醫院把她的臉開壞了。醫生氣鼓鼓對大學生說：「她要開雙眼皮我就給她開雙眼皮，她要開三眼皮我也能給她開三眼皮，可我不能包她漂亮呀。她那張臉不配長雙眼皮，能怨我嗎？她還說她以後怎麼嫁人，哪怕她一輩子找不到男人，又關我屁事。」

大學生說：「如果她眞的找不到男人，我可以爲她介紹一個。」他說的「一個」就是指我。

手術完了，大學生向那醫生道謝。醫生說謝也不必了，只是往後別來找麻煩。他還說，其實這種手術根本不用進醫院，形容得誇張些，找一塊粗點的砂紙打打也就行了。醫生不知道，大學生以前眞這麼幹過，他用塊邊緣很毛的花崗石片使勁刮自己右臂。他試過兩回，可一回都沒成功。因爲他有個毛病，暈血，一看見鮮紅的血順着自己手臂往下流，他就直直地昏過去了。

眞難以相信，就這麼個見血便倒的大學生，竟然單槍匹馬從厦門游到了金門。

大學生剛到白馬湖時，場領導讓他這個難得的反面教材在全農場進行現身說法。每到一隊，他就把袖管捲起，露出右臂，一邊指着那四個字，一邊大聲對人說：「你們都好好看看，這就是我鬼迷心竅的可恥下場。」

他大學畢業後，被學校分配到新疆工作，他沒去，反正不愁生活，便在上海當了社會青年。不久他結識了另一個社會青年，聽那人說，厦門和金門隔海相望，一蹦就游過去了。於是他開始鬼迷心竅。

他們從冬天起就在作準備，每天跑步鍛鍊，還參加了冬泳俱樂部。第二年夏天，他們來到厦門，下水前，兩人說好，不成功便成仁，死也死在一塊。

誰知一下海，他們便被浪頭打散了。大學生認準方向拼命往前游，眞被他游到了金門島。那時他激動得直哭，他說他萬萬沒想到前面是什麼在等着他。

國民黨的兵把他押到一間黑洞洞的石頭屋裏，逼他承認是共產黨的間諜，他說不是，那些兵說還狡辯，就把他捆上，一頓皮鞭。血從他額頭上淌下，他昏過去了。他那暈血的毛病，就是在金門得的。

大學生被拷問了三天，三天後，國民黨在他右臂上刺了字，給他鬆綁。他們說，對不起，你說你反共，眞心投奔自由世界，可我們還不能相信你。現在我們派你回大陸去，你在那裏幹一件事，下毒暗殺爆破都可以，這樣我們就知道你是眞是假了。他們給了他一包炸藥一枝槍，順潮把他推回厦門。等上了岸，大學生便向遇上的頭一個解放軍自首了。

「我那位同伴的歷險要簡單些，」他告訴我們說，「所以他只判了七年。這小子剛下海就亂了套，連嗆了幾口水，他以爲自己要死了。就在這時，他看到了個花花綠綠的小島。他爬上海灘，抓了兩把沙子，跪在地上大叫，『自由了，我自由了。』等別人把他扭送到派出所後，他小子才知道，那個島是鼓浪嶼。

躺在田埂上晒太陽時，他們讓大學生把他的歷險記講了一遍又一遍，聽到後來人人都厭了，大學生就給我們說《三國演義》，他經常在一些緊要關頭刹住車，向人勒索根把煙，他抽去一半，把煙屁股丟給我，他還沒忘記我供他抽煙的事。

那時候，小矮子漸漸不行了。他連着發燒，每天夜裏說胡話，就這他硬撐了幾個星期。有天早上他去廁所大便，一跟斗跌在糞坑邊，再也沒回過來氣。我們把他埋在山腳下。雖然他身上瘦得只剩張皮，可恐怕還有二百來斤，十個人扛他，還累得半死。

我們在山腳下刨了個淺坑，把小矮子放進去，蓋上土，然後大家都坐在地上粗喘，誰都沒力氣回宿舍去。大學生說，「大科學家達爾文上了一個小島，看到那島上只長了些矮樹，他觀察幾天，發現那裏海風很大，樹一長高就被刮斷了，所以只有矮樹才能生長。達爾文就從這上面，得出了物競天擇的原理。」

這麼看來，我們這些沒餓死的，全靠着爹娘沒給我們小矮子那樣的個頭。

十

下了火車，我便看到了那座橋。那橋架在兩山之間，從站臺這邊望去，好像是在天上。孫鬍子一直把我送到火車邊，他對我說：「到臥牛關，你不用出站，站在月臺上向左面看，你就可以看到那座橋了，你母親就是從那橋上摔下山溝的。」

「怎麼回事？」我問，「你不是說我娘是被那個姓金的從火車上推下去的嗎？」

「是啊。可那時，列車正巧從橋上過，你明白嗎？要不是那麼巧，你老母親很可能不至於死。」

我全明白了。那姓金的並不想要我娘的命，他犯不着那麼幹，他要的只是糧票和錢。當他打開列車車門時，正是半夜，外面一片漆黑，呼呼的涼風直往他脖子裏灌，他心急慌忙，把老娘推了出去，他根本想不到火車是走在橋上。

「只能怨運氣不好。你媽倒霉，他也倒霉。他害了你媽，也害了他自己。」這是臥牛關的站長聽過我娘的故事後，爲他們倆作的總結。

我們在站長辦公室歇了一會兒，喝杯水涼快涼快。站長說他是三年前才到這兒來的，沒聽到過我娘的事，站裏也沒有記錄什麼的可查。不過他讓我放心，站上有位退休巡道員，就住在附近的村子裏，那老頭是個活檔案，六十年中車站發生的任何事他都知道。

我們走出車站，順着條大車路往下走。站長問我：「你一定非常恨那個兇手吧？」

「怎麼說呢，」我答道，「當初我根本不知道我娘是被誰害的，現在知道了，可我娘已經死了二十年了。」

那姓金的把老娘推下黑洞洞的深谷時，閻羅王也把紅筆懸到他名頭上了。可我連他的名字都不知道，對於我來說，他只是一個姓。

活檔案住的村子前頭壘着一道土堤，堤下是一大片綠油油的稻田，一股漚爛了的綠肥的氣味直刺鼻子。在稻田那邊，幾座土牆房子在樹叢中露出茅草屋頂。

我想起了白馬湖，我說：「這裏的景色眞像是白馬湖。」

「白馬湖是什麼？」站長問。

白馬湖不是什麼，只是一個很長的故事，能講二十二年的故事。

一九八○年，我和大學生離開了白馬湖農場。指導員送我們上汽車，還眞有些個戀戀不捨，他望着一大片綠油油的稻田和四周那些禿山頭，對我說，「想想，你也沒什麼可埋怨的。你到底回上海了，而我呢，還得在這裏呆下去，一直呆到退休。你就算吃了二十二年的官司，可我是無期。」

他好像認爲我在埋怨他，其實我並沒有這意思。他是個好人，我沒餓死，也有他的一份功勞。最困難的時候，他常常派我到農場外去出公差，這就是說除食堂的定額外，可以領一份出差糧，要是你有糧票和錢，還能在鎭上狠狠吃它一頓。這樣吃一頓能管上好幾天呢，所以全隊都傳說我是指導員的紅人。

實際上，早在一九六六年，指導員就打算放我回家了。他給場領導打了幾次報告，場領導也表示同意。可就在那年，「文化革命」開始了，我沒回成上海，留在農場當了職工。

我過了幾年清閒日子，沒人來管我，也能吃飽飯，留場職工工資雖然不高，可在這地方足夠花的。只是從新來的犯人口裏，我才知道外面已經亂成了什麼樣子。

那幾年，我家老頭子過得也很清閒，只是美中不足，他那架破收音機裏，不再播放筱文艷的《秦香蓮》了。

不過有的人家就沒那麼清閒。大學生回到家裏，發現他們家已經被掃地出門十來年了。他爹他娘、兩個妹妹、一個弟弟，那時再加上他，整整六個大人，都擠在原先的汽車間裏。「他妹子的，」大學生說，「簡直是個男女生混合宿舍，比白馬湖的草棚差遠了。」

那汽車間底下是個化糞池，樓上一抽馬桶，地底就咕嚕咕嚕直響。有一次，清潔站兩個多月沒來抽糞，糞水從蓋子縫邊冒了上來，漫得滿房間都是，可他們一家照樣在裏面吃飯睡覺。

「想想也眞不容易，」大學生對我說，「我媽媽是中西女中畢業的，跟宋氏三姐妹是校友，全套外國教育。吃飯時我們兄妹幾個誰聲音響些，她就要罵我們「西格」，就是豬。那回我實在忍不住，說了聲去他妹子的清潔站，她對我眼直直的，像是馬上能吐血。」

我想要眞吐出來才熱鬧呢，娘吐了血，兒子就昏過去了，腳下還是一地大糞。

就像毛主席說的那樣，這次運動的重點是整那些黨內走資本主義道路的當權派和資產階級反動權威，跟我們無關，只不過讓我在白馬湖多陪了指導員十三年。

我回到廠裏，車間主任接我去車間。我問他還記不記得，一九五八年我去農場時，他叫我快去快回。現在我總算回來了，可時間已過了二十二年。

「是啊，二十二年了，」他說，「可二十二年後，我不還是個車間主任，也沒加過一級工資。」

主任讓我去幹我的老行當，開車床。當我按下電動馬達開關時，我的手都在發抖，我怕我已經不知道怎麼幹活了。可事情好像還不算太糟。長指甲曾經說過，有些本領一旦學會了就很難忘掉，比如騎自行車，還有摸人的口袋。看來開車床也屬於這一類。

下班前，車間質量檢驗員走到我身邊。我當然沒見過他，二十二年前，他是否活着還是個問題。「王保，」他不客氣地說，「聽說你也是個老師傅了，怎麼幹出這種活來。全得返工。」

我暗暗罵道，小把戲，你神氣什麼，想當初你師傅的師傅的師傅，不過是我徒弟的徒弟。

這是回車間第一個星期的事。過了半年，主任又任命我當了生產班長。

我重新當上班長，又重新進了廠足球隊，以前的事跟現在又連接上了。說來很怪，我總覺得自己還年輕，和離廠時的感覺沒什麼區別。我想是不是有誰把錶撥快了，過去的不是二十二年，而是三十二個月，三十二天，或許更短，就好像是在球場上踢球，忽然下面喊有王保的電話，有人在電話裏對我講了一個故事，一個很長的故事，聽完之後，我又上了球場，比賽繼續進行。

在廠足球隊，我仍然踢中鋒。比過兩場，發現對方後衞跑得比較快，他們就讓我改守球門。我「鐵門」的稱號掛了幾個月，直到兩年前和兄弟廠的一場友誼賽裏，我的肘骨骨折了爲止。大隆廠一個前鋒像匹野馬似地朝我衝來，我搶在他起腳前把球撲住，當時我只聽到咔嚓一響，拍過片子才知是骨折了。自那以後，我再沒上過球場，老老實實當了熱情觀眾。

就在我綁上石膏在家休養的那幾天裏，有個意想不到的客人跑來看我。

我打開門，不覺叫起來，「他妹子的，是你呀長指甲，你也出來了？」

「那又不是什麼好地方，我幹嘛賴着不出來呢。」他說。

長指甲說他來上海辦點事，想回家鄉作買賣去。他沒說辦什麼事，我自然更沒有問他。他告訴我，白馬湖如今已糟得不成個樣子了，每年春天，山水從四面下來，把稻田衝得稀哩嘩啦，也沒人手開溝築壩。他離隊時，場領導正在考慮把大那分田地承包給黑山杜的老鄉。

「要是班長你現在回去，可認不出咱們幹下的工程啦。唉，看着心痛啊，我眞不明白，他們幹嘛不多逮些能幹事的，去頂咱們的窩呢。」

「喂，你忘了嗎？」我說，「當年就因爲這麼句話，你被指導員加了兩年刑。」

「他妹子的，可不是嗎。」他哈哈大笑。

十一

老頭子生前的最後一個願望，是要我趕快找個女人成家。我知道他不死心，想讓我們王家的根子在上海紮下去，那些日子裏，他成天嘮叨的就是這個。雖然他沒能看到這一天，可他眞讓每個常來我家的人都覺得自已負有爲我找老婆的義務。

大學生也替我介紹過三次對象。第一次他有點鄭重其事，頭天晚上專程來找我，交代到半夜。他讓我把頭髮吹吹光亮，換套乾淨衣服，還告訴我女人喜歡聽些什麼看些什麼，我又該說些什麼做些什麼。他說得津津有味，我沒好意思打斷他。不過照我想來，他和我一樣，在這方面一竅不通。關於女人的事，我們只是從白馬湖的那幾個流氓強姦犯嘴裏聽到過一些。

相親安排在靜安公園。我們在茶室裏坐了一陣，雙方介紹人便起身離去，大學生叮囑我陪女方多走走，可他還沒回到家，我倒已經等在那汽車間的門口了。

「你眞有一套啊，王保，」大學生嚷道，「這麼快就談妥了?」

我說：「大學生，要是你眞爲我好，往後能不能別再介紹這種刮魚鱗的老太婆過來。」

「你胡扯什麼，那女的比你還小一歲呢。不過，」他盯着我，像是生平第一次看清了我的面容，「他妹子的，你小子倒還眞是不見老咪。」

我的確不見老，我常常以爲自己只有二十一歲，幹活的勁頭好像才三十出頭，介紹對象時，他們說我是四十多一點，其實那會兒我已經四十九歲十個月零二十二天了。

沒多久，大學生又替我物色了一個。他說：「王保，這回保管你滿意了，人家是黃花閨女，才三十歲。」

從公園出來，我陪黃花閨女走了半條街，沒聽她吐過一個字，臨了她說對不起，她忘了還有件要緊的事得辦，我說沒關係，反正我沒什麼要緊的事，便把她送上了電車。

回家路上，我跟自己開了個玩笑。我說，王保，要是你成親早些，像鄉下你叔叔在那年歲上就有了小孩，那你的女兒也該有她這麼大了。要她眞和你成了，往後走在街上，別人問你，王保，你身邊的是不是你女兒，不知那時你心裏是什麼滋味。

相親相多了，連班組裏的同事都摸出了規律，他們每見我吹了頭髮，就會問：「班長，今晚上又有活動？」

「什麼活動，」我說，「散一次步吧。」

我的相親確實就是一次散步，大多數時間連散第二次都用不着。女人聽說我的過去就渾身發冷，我唯一的優勢是獨佔着一間房，可這跟年齡、工資和存摺一比又顯得輕了。不過我也沒什麼可埋怨的，這種散步至少對我有一個好處，讓我戒去了二十年的煙癮。如今女人都希望老公不抽煙不喝酒，不買衣服，一句話，不花錢，她們要的是一匹又能跑又不吃草的馬。根據物競天擇的原理，說不定今後的馬都能那樣。

在我快要灰心喪氣的時候，我終於遇到了我的老婆。那天大學生跑來我家，「王保，」他說，「我手頭現在有一個人，別急，你先聽我說，絕對不是刮魚鱗的老太婆，也不是黃花閨女，她是紗廠的女工，三十九歲，名叫李秀蘭，長得很淸秀，人爽快，也能幹，我見過，蠻不錯的。她結過婚，男人去年工傷死了，她跟原來那婆婆相處不好，急着要搬出那家。只是存在一個問題，她有個男孩，已經十一歲了。你聽清楚了沒有？」

「你說吧。」我說，「幾點在公園見面？」

這次相親有點特別，我們沒去公園，也沒逛街，大學生直接把她帶到我家裏來了。她開門見山說：「王保，我們都是過來的人，用不着躲躲閃閃。你的情況我都知道了，我不嫌你，我的情況你也知道了，你不嫌我的話，我們倆就算成功，只是我年紀也不小了，我沒胃口再生孩子。」

我說沒關係。說實在的，我把不準自己還能不能幹那件事。

「我還沒說完，問題是，關鍵不在我身上。你知道我有個兒子，他是我的命根。如果你和小東談得攏，我們倆就好，如果你們談不攏，那我們就算了。」

我好容易才明白過來，她是要我跟她的兒子談戀愛哪，眞不成話說。

星期天，秀蘭把兒子給我送了來。我帶着他，先到復興公園坐碰碰車，再去逛淮海路。我有點不知怎麼待他是好，給他買棒冰，他不要，買氣球，他也不要。國泰電影院正重映舊片《少林寺》，我帶他坐了進去，看完之後，我問小東怎麼樣。

「好看，」他說。說罷右拳照我臉上虛晃一下，左腿飛起，向我小肚子踢來。

「哈，醉拳。這招我能對付。」我把他飛起的腿拍了下去，「不瞞你說，《少林寺》我都看了三遍了。」

「不瞞你說，我看過六遍。」小東笑着說。

我告訴他，我十一歲，像他這麼大的時候，就跟着我爹爹從蘇北來上海逃難，住在馬路邊用草蓆搭成的窩棚裏。後來陳毅市長派了好多幹部，挨家挨戶動員我們回鄉，可沒人理他。

「陳毅市長？」小東說，「我知道。我看過那部電影。他是個好人。他叫你們回鄉，那你們爲什麼不回鄉呢？」

我對他說，並不因爲誰是好人，我們就一定要照他的話去做。不過我想小東還不懂這個道理，我自己，也是等到二十歲之後，才逐漸明白的。

有一件事，直到結婚時我才弄明白，就是大學生手頭哪來那些個女的，能一個接一個替我介紹。

回上海後，他被安排在街道加工廠，和回城的老知青一塊工作。我和秀蘭成親時，他告訴我，其實那些女人，包括秀蘭，都是別人爲他介紹的，被他轉手「派司」給了我。我問他怎麼不想想自己的事，「我不急，」他說，「我要尋找一種能讓我激動起來的感情。如果找不到，我寧可獨身。」

他比我大兩歲，在我號稱四十多一點時，他已經五十出頭了。但願他能夠找到。

我不知道我自己找到了沒有，不過我和他找的不是同一種東西，我們本不是同一種人，盡管我們在一塊呆了二十年。同樣，我也不知道秀蘭和我找的是不是一種東西，有時我覺得是，有時又好像不是。

有一次我聽她說：「王保，我嫁你眞是嫁錯了。我原想找一個男人來管管兒子，沒想到找到一個老小孩。」

她說的是我和小東搶書看的事。我從廠圖書館借了本武俠小說，回家就被小東搶過去，他從吃飯前看到十點，直到秀蘭逼他上床睡覺。我接過班，看到半夜一點三刻。第二天天剛亮，發現小東已經在被窩裏看上了。

當然，秀蘭也沒什麼可埋怨的。小東是她的命根子，我又是命根子選定的。她對我講過，我們倆去登記前，她曾一本正經徵求過兒子的意見。小東好久沒開口，後來他說：「反正你總要替我找個後爸爸，我就要王保好了。他是個好人，他還說過，我用不着聽他的話。」

十二

滿五十歲的時候，我王保終於有了個家。車間裏有些小青年對我說：「王保師傅好福氣啊，又討老婆又得兒子，沒說的，你這回非得大大的請客。」

從出生到現在，我總共聽到過兩次有誰說我福氣好，每次都有個莫名其妙的理由。小矮子說是因爲我能被脹死，他們是因爲小東。我不怨那班小青年，他們人不壞，只是愛開開玩笑。可我也不準備請他們喝喜酒。我要學學現時的新潮流，旅行結婚一下。

老頭子過世後，他的骨灰一直呆在家裏，我把他放在那架收音機旁邊，我想他準會喜歡那個地方。一年前，鄉下叔叔把他帶回了蘇北老家，給他安了個墳。我打算和秀蘭小東一塊去老家，一來給老頭掃墓，二來讓小東看看農村。他也許一輩子都不會下鄉了，當然，還得看他會不會染上我那樣的好福氣。

我們在鄉下過得很舒坦，叔叔和嬸嬸待秀蘭不壞，他們家承包了一個養鷄場，有的是禽蛋讓我們吃。最高興的還是小東了，他整天跟着我的小侄兒在後山上跑。回來吃飯時，身上沒一處是乾淨的。挨他娘訓時，他申辯說：「這是泥嗎？是血。有一伙毛賊在亂墳崗上暗算我們弟兄，讓在下殺得丢盔棄甲，亡命而逃。」

老頭子的墓就在那個亂墳崗上。回上海前一天，我在那兒站了很久。他的墳疊得有一人高，底圈用青石塊圍着和裏面放的骨灰相比，這墳實在是太大了些。我想起老頭臨死時對我說過的話，如今他已經應了心願，可我老娘還不知身在哪裏呢。

我順着放牛路回去，剛到村口，看見堂弟向這邊跑來。「大哥，快，」他氣急敗壞說，「快回家去，我爹到處找你呢。」

我被他拖着跌跌衝衝進了家，叔叔正等在門口，他一把拉過我的手腕，說：「快進去，你娘有話要對你說。」我想他是不是在發燒，老娘都死了快三十年了。

叔叔家的屋子分裏外兩間，這次我回鄉，他把裏屋讓給我和秀蘭住。我走進裏屋，看到嬸嬸盤腿坐在我們的床上，眼睛直瞪瞪的，嘴像在嚼橡皮糖似地動個不停。一見到我，她兩眼一亮，尖聲叫道：「王保，我的兒啊！」

我糊塗了，不知說什麼好。叔叔在我手上掐了一把，「快答應呀，」他說，「你娘附在你嬸子身上了。」

我低聲應了聲娘。

「王保，我的兒，我好想你啊，」嬸嬸暴出兩眼看我，看得我渾身冒冷汗。「我的兒，娘想你啊，你可知道？娘死得寃哪，那惡鬼把娘害了，不讓娘到你身邊去，他搶去了糧票，可沒搶錢，錢還在娘的貼身口袋裏，給你留着呢，你怎麼不來拿呀。我的兒，娘這些年過得苦啊，娘是個野鬼，無處安身，娘想回家來。王保兒，你的日子好過了，可娘苦啊。」

「娘，你別哭了，兒子一定把你帶回來。」我語不成聲，撲通一下對着我嬸嬸跪了下來。

大學生聽我說過老娘附身的事，笑得前俯後仰。「班長同志，」他說，「難道你眞相信這種鬼話？」

「要是別人說，我當然不信，可那是我親眼看見的呀。告訴你，我嬸嬸當時說話的聲調和我老娘一模一樣，再說，她怎麼會知道我娘把錢藏在哪啊？」

「在我聽來，蘇北人說話的聲調從來都一個樣。算了，你別胡扯了，如果你媽媽眞想跟你說話，哪裏不能說，幹嗎老遠路跑到蘇北去？」

「聽我叔叔說，城裏人太多，鬼魂不敢進來。」

「又是胡扯，」他說，「活人麻煩就夠多了，要是死了的再來擠熱鬧，那叫我們怎麼過。」

他家那時已經搬出汽車間，上面落實政策，把一大幢洋房還給了他爹。爲了各佔幾間屋子，他們四兄妹鬧得不可開交，都去過了派出所。大學生對我說：「全家擠汽車間日子和和氣氣的，現在有房子了，反倒擺不平。早知道這樣，不如住一輩子混合宿舍呢。」活人的麻煩就是指的這個，不知達爾文能從中得出些什麼原理。

那天，嬸嬸說過那番話後，把我們擱一邊，自己竟睡着了。雖然是四月裏，天還很涼，可我就像剛下了足球場似的，額頭上的汗水一摸甩一地。過了一會兒，嬸嬸伸個大懶腰，下床去灶上做飯，等吃晚飯時我再問她，她卻什麼都記不起來了。我嘴張得老大，半天合不攏。秀蘭說幸虧她當時不在，要不準嚇得半死。「可這有什麼嚇人的呢，」叔叔說，「那是你婆婆呀。」

叔叔說，上海的大城市，人多嘈雜，陽氣盛，死人不敢去，他們喜歡鄉下，靠水邊陰氣重的地方。但他又說，現在鄉下也不太平了，人越生越多，房子越蓋越大，汽車成天進出村口，吵得鷄不肯下蛋。「從前我們這裏狐狸獾子什麼沒有？下雪天，你爹常帶我去草垛裏夾黃狼子。現在你再試試，連野兎都難逮到一隻。看吧，要不了多久，死人也不會回來啦。」

聽他的口氣，似乎鬼也是人類的受害者，就像那些快滅種的大熊貓似的。

不管信還是不信，我告訴秀蘭，我要去找老娘的墳，要是能找到，就把她帶到蘇北老家去，和老頭子埋在一處。秀蘭問我上哪兒找去。我說先到蚌埠碰碰運氣。

「眞是的，」秀蘭說，「那天怎麼忘了問問嬸嬸她在哪裏。」

我原打算回到上海後立刻就動身，可總有事拖着，直到七月裏才請出假來。小東和我一塊去火車站，那時學校也放暑假了。我排隊買車票時，我讓他到對面食品店買一個乾淨塑料袋。

「你要那個幹什麼？」他問。

我沒告訴他。我不知道他應該管我老娘稱作什麼。

十三

那位退休巡道員的家靠着村口，我們來到他家，他還光着膀子躺在涼床上睡覺。站長費了好大勁把他搖醒，等洗過把冷水臉，眨了五分鐘眼睛，他老人家才算聽明白我的故事。「不錯，有這麼回事，」他點頭說，「可你現在還跑來幹嗎呢？」

巧了，原來我娘的屍首就是被他發現的。那天早上他像往常一樣出去巡道，他的路線是從車站走過橋，到山的那面，大約有四公里。四公里以外的路軌，由下一站管。事情是他走回頭時發現的，那會他比較悠閒，因爲道都查看過了，走到橋上，他無意中向下面望了望，看到一堆黑乎乎的什麼東西，於是他便從橋頭邊的山路下到谷底。

「那會兒我可眞嚇壞了。咱臥牛關是個小地方，都是老實巴交的鄉里人，從沒有鬧過殺生害命的事。我跑到站上報告站長，不是他，是老站長，早幾年得血痨死了，他也不信，自己還下去看過。咱打了個電話到分局，頂傍晚蚌埠來了兩公安。他們把那女人翻來翻去弄了一陣，說把她埋了吧。我跑回村裏找人，沒人肯幹這事，後來站長許了每人一塊錢，才出來三個老頭。他們問我怎麼埋，我說就隨便找個荒山頭埋下，反正要不了幾天這女人的親人就會來把她領去的。」

結果他白等了幾天，沒人來。這裏有一個很長的故事，他不必知道了。

我說我現在不是來了嗎。

「現在？」老巡道員說，「只怕那女人的骨頭都快化囉。」

他問我是那女人的什麼人，我說我是她兒子。他沒問老娘的名字，我也沒報。對他來說，她一直只是個無名無姓的女人。

我們往村後走。那是條上坡路，沒一會兒村裏的屋頂和樹冠全在我們腳底下了，巡道員快步走在前面，一點也不像個七八十歲的老頭。我們爬上一面坡，眼前除了黃土便是青石，就像白馬湖邊那些被削光的山頭。太陽光無遮無擋地照耀着我們，我的襯衫粘在了皮膚上。

「到了，就是這兒。」

老巡道員站住，指了指他腳前。我看着他指的地方，那兒和四周沒什麼兩樣，地面稍微有點突起，長了些稀稀落落的爬根草，這不像墳，只是個小土包。

「你不會搞錯吧？」站長問。

「搞錯？」老頭說，「是我讓他們抬這兒來的。」

「不是，我是說那麼多年了，你會不會把它跟別人的墳搞混了？」

「你不知道，這坡上就這麼一個墳，村裏人的家墳在那邊山頭上。」巡道員轉身對我說，「這裏原是荒地，沒個名字，就打你媽埋這裏後，村裏把這坡叫成野鬼墳。上野鬼墳打草，上野鬼墳放羊，哪家娃兒耍得忘了歸家吃飯，婦道人就叫男人到野鬼墳喊去。你想我能搞錯嗎？」

我想他不會搞錯，儘管這裏環境不舒適、風景不優美，可它多半就是我娘的墓地。「那就別耽擱了，」我對他倆說，「我還要趕下午的火車。」

老巡道員回村去取鐵鍬，走下幾步他身影便隱沒在山坡後面，我望向遠處，又看到了那座橋。現在它不像是在天上了，而在正前方，好像伸手就能抓住。我忽然生出種奇怪的想法，就像是一串珠子散落了，孫鬍子撿到一顆，高同志撿到一顆，退休巡道員撿到一顆，老頭子也藏着一顆，我正試圖把它們穿起來。現在只剩下最後的一顆珠子，也是最大的那顆，可能就埋在我腳底下。

老巡道員扛着鐵鍬上來了。他把鍬塞在我手裏，說：「有件事我得讓你知道，你媽的屍骨怕是不全。我們附近村裏的狗多，你媽下葬時又沒備棺木。」

我請他別說了，我知道這景象。當年小矮子的身體被野物扒出來過兩回，撕得零零碎碎，有條腿拖到了宿舍門前，直到我們用大石塊把墳整個壓住才太平。

我把鐵鍬踏進墳裏，出乎意料，這裏的地並不板實，隨着我扳動鍬把，泥土花蕾似地綻開了。這時候我手軟了，不敢把土起出來。我害怕會突然聽到老娘的哭叫聲。當年填平白馬湖時，我們掘過很多鄉下人的墳，老犯人一面掘，一面說會遭報應的。我想今天該是我遭報應的日子了。

站長從我手裏拿過鍬，接着挖下去，他把掘起的土揚到一邊，然後用鍬背拍鬆，讓埋着的東西露頭。不一會兒，原是土包的地方變成一個坑，坑邊又起來一堆鮮土，我俯在鮮土堆上，把沾泥的白骨和一些碎片拾到旁邊。火辣辣的太陽射過來，我額頭上的汗順着鼻子溝流進嘴裏。站長喘了口氣，一躬身，又是一鍬土飛了過來，有件東西在陽光下一閃亮，就像是黑夜裏的流星。

二十九年前，我離開上海去白馬湖的頭晚，我們全家三口人最後一次聚在一塊。老頭子拉扯着他在蘇北鄉下的舊事，老娘坐在板凳上爲我補襯衫領子。她邊補邊流淚，手忽上忽下引着線，指頭上套的頂針箍在燈光下一亮一亮閃着我的眼。

「別挖了，」我說，「這是我娘。」

我從土堆上拾起了那個白銅頂針箍。

我們順山路往回走，老巡道員在前，站長在後，把我擁在中間，一切都像來時一樣，只是我手裏多了個塑料袋。在我把老娘的遺骨撿到袋子裏去時，老巡道員捧過一把鮮土。「把這也裝上些，」他說，「你媽在咱這裏住了二十多年，好歹也算是臥牛關的人了。」

回到村裏，我們在老巡道員家門口站了一會兒，村前有些女人和小孩，好奇地看着我手中的口袋。我向老人道別，再一次謝了他。他說謝什麼，這也是緣分，當年是他埋了我娘，今天又是他請她出土。他向村後的山坡望了一眼，「不過那山頭的名是不會變了，再過幾百年，臥牛關人還得管它叫野鬼墳。」

在中國地圖上，有些地方是用人的名字來標稱的，好比志丹縣、左權縣，現在我知道了，其中還有一個以我娘命名的山頭。這眞叫我不知說什麼是好。

我們走到車站，站長替我辦了去上海的聯票，車還沒來，他領我先進了站臺。那座橋架在兩山之間，從站臺這邊望，就像在天上。太陽已經偏西了，血紅血紅，映得橋透體發光。站長站在我身旁，也望着那橋。他還很年輕，我看見一點點的汗珠滲出他剛發青的的上唇。他告訴我，他是青島人，一九八三年從南京鐵道專科學校畢業。他說剛分到這個小山溝來時，他也差點想從那橋上跳下去。

我說有些事，要是你向前看，你會覺得黑壓壓的一片，像永遠望不到頭似的，你簡直恨不能死了好。可等到你向後看時，你準高興你還活着，儘管你還有些害怕，奇怪自己是怎麼過來的，但反正你已經走過來了，就是他妹子的這麼回事。「我記住你的話。」他挺認眞地說，好像我是鐵道部部長。

十四

我沒想到蚌埠到南京的慢車會有那麼擠，座位都客滿了，走道上還都站着人。列車員大聲么喝，讓上車的往車廂裏走，然後把門一關，躲進自己的小屋去了。

火車出了站，哐啷哐啷走上那座橋。我貼着窗向下望了望，只看見深深的谷底，卻看不見橋身。要是沒這座天橋，我娘或許不至於死。

我走到車門邊，那裏比較鬆些。一個小青年在地上鋪了張報紙，坐在上面，身旁堆着七八個滿滿實實的大旅行袋。我把塑料袋放在角落裏，身子靠在門上。我娘就是被人從這地方推下車的，要是那天晚上，三八一次車也這麼擠，她多半不會死。

要是她不去白馬湖看我，她自然不能死。回廠後不久，因爲調工資的事，我到局組織科去過一次。有個幹部在檔案櫃裏翻了半天，找出一份發黃的文件。「你還來幹什麼？」他搔着頭皮說：「不是早就給你們這批人平過反了嗎？」

我看着他指的那幾行字：「……至於少數覺悟較低，發表過錯誤言論的工人，則以教育爲主，不戴反社會主義反黨反人民的帽子。已經作出處分的，應予撤銷。」原來那次運動也和我無關。

我搶過文件，從頭到底看了一遍。那上面蓋有紅通通帶國徽的大印，日期是一九五九年二月，就在我到白馬湖的半年之後。

要是我那時就能回上海，老娘當然也不會死。但不知爲什麼，我們從來沒聽說過有這份文件，也許是他們忘了往下傳達，也許是農場領導眞想留我們在那兒移山塡湖，改造大自然。

要是這些事眞的都發生過，要是沒有那天橋，要是車上擠滿人，要是她沒能來看我，要是我在她來看我前就回了家，要是我娘那時沒死，現在，她大概也死了。人總是要死的，或者油乾燈滅，或者生癌，或者是車禍。我想着滬杭公路上因車禍被燒死的那些人，他們都是參加旅行社去杭州度假的。一秒鐘前，他們還談論着爬山划船和西湖醋魚，一秒鐘後，他們已經像隻肥鴨似的掛在了烤爐上。

當然，他們的親人會領到一筆撫恤金。聽說也有份文件，規定中國人賠兩千人民幣，外國人三萬美金。

斜陽透過車門的玻璃照進來，照在我手指上的頂針箍上，反光在車頂上閃動，像一隻白蝴蝶。我不知道這頂針箍是用什麼製成的，埋在地下二十七年，居然還是這般亮。我想它裏面會不會有金銀的成份，要是有，或許可以給秀蘭打一個結婚戒指。

「哎，你怎麼啦！」坐在地上的那小青年突然看着我說，「你哭了嗎？」

我想叫他別胡扯，但是脫口卻說出一句：「去你妹子的。」

接着我轉過身，把臉衝着窗外。

我想我的確是哭了。

作者傳略

李曉，本名李小棠，男，一九五〇年生於上海。初中畢業時正逢「文化革命」，被分配至安徽農村插隊。七年後，又調到工廠。一九七七年恢復高考，入上海復旦大學中文系讀書，畢業後在上海做編輯。

自一九八六年開始寫小說，有中短篇若干。曾獲第三屆上海青年文學大獎，小說〈繼續操練〉被評為一九八五——一九八六年度全國優秀短篇小說。

李曉重要著作年表

一九八六年	〈機關軼事〉	《上海文學》	一月號（頁五六—六〇）
	〈繼續操練〉	《上海文學》	七月號（頁五一—六二）
	〈小鎮上的羅曼史〉	《人民文學》	八月號（頁六六—八二）
	〈浪漫主義者和病退〉	《萌芽》	十一月號（頁二〇—二四）
	〈屋頂上的青草〉	《十月》	第六期（頁六五—七二）
	〈七十二小時的戰爭〉	《小說家》	第六期（頁一二三—一三二）
一九八七年	〈海內天涯〉	《收穫》	第二期（頁六十—七十）
	〈女山歌〉	《鐘山》	第四期（頁一二三—一四〇）
	〈小店／天下本無事〉	《上海文學》	十月號（頁一二—二〇）

山河叢刊

山無不容，
河無不潤，
且聆聽對岸擊槃說夢。

出版：三民書局股份有限公司
地址：臺北市重慶南路一段六十一號
電話：(〇二)三六一七五一一(六線)
郵撥：〇〇〇九九九八－五號
＊定價如有變更，依最新價格為準＊

①遠方有個女兒國 白樺著

長篇小說 這是白樺第一本正式在臺灣出版的小說，一改「苦戀」裏的犀利筆鋒，實地深入摩梭族，以抒情而幽默的語言，寫出摩梭人的天真無邪和怨憎愛會，對比出文革中所謂「文明人」的生命扭曲與苦難。精彩無比，值得一讀。

平230元・精290元

②在同一地平線上 張辛欣著

中篇小說 這部細膩流暢、充滿激情而又富哲理的小說，是中國大陸「女性主義」批評家和國外研究當代文學的漢學家所必提的書，也是引起爭議與迴響最多的一部書。在法、英、德文三譯本之後，正式與國內的讀者見面。

平125元・精185元

③這次你演哪一半

張辛欣著

中短篇小說 「每一部小說都是自編、自導兼自演全部角色的一齣戲。戲比自己更是自己！」這是一部結構、情節特別的小說，描述一個女子偶然機會下扮演了七天「爸爸」。也許上帝早已派定角色，但我們總期待扮演另一半。

平140元・精200元

④天　橋

李曉著

短篇小說 李曉的小說練達幽默、冷峻諷刺，每篇作品都展露出一種特有的「撕破百態人生世相」的「喜劇智慧」，讀來不覺會心莞爾；而近作〈天橋〉在手法、題材上又是一個動人的嘗試和突破。

平130元・精190元